# इतवार छोटा पड़ गया

प्रताप सोमवंशी

वाणी प्रकाशन

**वाणी प्रकाशन**
*4695, 21-ए, दरियागंज, नयी दिल्ली 110 002*

शाखा

*अशोक राजपथ, पटना 800 004*

फ़ोन : +91 11 23273167 फ़ैक्स : +91 11 23275710

www.vaniprakashan.in
vaniprakashan@gmail.com
sales@vaniprakashan.in

ITWAR CHHOTA PAD GAYA
*by* Pratap Somvanshi

ISBN : 978-93-5000-434-0

Ghazals


प्रथम संस्करण 2016
आवृत्ति 2017

मूल्य : ₹ 300

चित्रांकन : मुकेश शाह, शिवानी खेतान

आवरण चित्र : सुधांशु कुमार



*सिटी प्रेस, दिल्ली-110 095 में मुद्रित*

*वाणी प्रकाशन का लोगो मक़बूल फ़िदा हुसेन की कूची से*

## समर्पण

*स्वर्गीय यतीन्द्रजीत सिंह (यती जी) के लिए*

सैकड़ों क़िस्से कहानी खुद ही चलकर आ गये
तुझसे जब भी मैं मिला इतवार छोटा पड़ गया

# प्रताप सोमवंशी : समकालीन ग़ज़ल का नुमायाँ चेहरा

इतिहास के पृष्ठों में साहित्यिक घटनाओं की खोज करते हुए, सम्भव है, किसी मोड़ पर हमारी मुलाक़ात ऐसे कवि से भी हो जाये जिसने अपने तौर पर अचानक कोई कालजयी रचना देने का चमत्कार कर दिखाया हो अन्यथा तो विद्वानों का यह मत ही प्रमाणित होता नज़र आता है कि किसी विशेष काल-खण्ड में स्तरीय कविताओं का सृजन उन्हीं कवियों द्वारा सम्भव होता है जिनके समक्ष काव्य-रचना की एक सुदीर्घ और समृद्ध परम्परा मौजूद हो। यह भी उक्त परम्परा को आगे ले जाने में समर्थ कवियों के बीच अवसर आने पर सूर-तुलसी और मीर-ग़ालिब की हैसियत को प्राप्त हो सकता है।

भारतीय वाङ्मय में उर्दू के हवाले से तो ग़ज़ल के पास 'मीर' और 'ग़ालिब' जैसे विश्व स्तरीय हस्ताक्षर बहुत पहले से मौजूद हैं लेकिन हिन्दी के सन्दर्भ में ऐसा कह पाने की स्थिति नहीं है। अपने ग़ज़ल संग्रह 'साये में धूप' के साथ एक ग़ज़लकार के रूप में दुष्यन्त कुमार के आगमन के लगभग डेढ़ दशक बाद, जबकि हिन्दी के काव्याकाश में उड़ान भरने के लिए ग़ज़ल के पखेरू ने अपने पंख पूरी तरह पसार लिए थे, मैंने एक स्थान पर लिखा था कि हिन्दी के लिए अपने 'मीर' और 'ग़ालिब' का इन्तिज़ार अभी शेष है। यह इन्तिज़ार आज भी ज्यों का त्यों बरकरार है लेकिन यह कोई निराशाजनक स्थिति कदापि नहीं है। 'मीर' और 'ग़ालिब' जैसे युगान्तरकारी रचनाकार सदियों में पैदा होते हैं और हिन्दी कविता के क्षेत्र में ग़ज़ल को पैर जमाए अभी हुए

ही कितने दिन हैं! जुमा-जुमा आठ दिन ही ना।

ऊपर कहा जा चुका है कि अपवादस्वरूप तो कुछ भी हो सकता है। यह भी कि वर्तमान समय में रचनारत कवियों के बीच का ही कोई ग़ज़लकार चमत्कारी ढंग से 'मीर' या 'ग़ालिब' की हैसियत पा जाये लेकिन व्यावहारिक धरातल पर इस सम्भावना का कोई लक्षण दूर-दूर तक नहीं दिखाई देता। तथापि मेरे इस कथन का अर्थ यह कदापि नहीं है कि हिन्दी कविता के मैदान में महत्त्वपूर्ण ग़ज़लकारों का टोटा है। हिन्दी के पास वर्तमान समय में ग़ज़ल के ऐसे दर्जनों सामर्थ्यवान हस्ताक्षर हैं जिनके दम से रचनाधर्मिता का वह अनुकूल वातावरण निरन्तर जीवन्त बना रहता है, जिसमें कविता की समृद्ध परम्परा को आगे बढ़ने की स्वतन्त्रता सुलभ होती है और 'मीर' और 'ग़ालिब' जैसे कवियों के इन्तिज़ार की लम्बी डोर के लपेटे जाने की गति तीव्र हो जाती है। ग़ज़ल के लिए अनुकूल वातावरण की तैयारी में जिन सामर्थ्यवान हस्ताक्षरों का योगदान है उनमें प्रताप सोमवंशी जैसा प्रचार की दुनिया से दूर बैठा ग़ज़ल का मौन लेकिन महत्त्वपूर्ण साधक शामिल है। मैं जानता हूँ मेरा यह बयान बहुतों के लिए हैरत का सबब बनेगा विशेष रूप से उनके लिए जो प्रताप सोमवंशी को सिर्फ़ अख़बार की दुनिया का 'मर्द-ए-मैदां' जानते हैं। यह ठीक है कि प्रताप सोमवंशी हिन्दी पत्रकारिता का एक बड़ा नाम है जिसे 'हिन्दुस्तान' जैसे प्रतिष्ठित और महत्त्वपूर्ण हिन्दी दैनिक में वरिष्ठ सम्पादक के पद पर होने के कारण राष्ट्रीय स्तर पर जाना और पहचाना जाता है लेकिन पत्रकार के रूप में मिली ख्याति किसी को ग़ज़लकार होने से और उससे भी आगे जा कर एक महत्त्वपूर्ण ग़ज़लकार बनने से कैसे रोक सकती है! संवेदनशील व्यक्ति के लिए कविता से जुड़ाव एक सहज एवं स्वाभाविक स्थिति का परिचायक है। इस सिलसिले में आचार्य रामचन्द्र शुक्ल ने बड़े पते की बात कही है। उनके अनुसार—"मनुष्य के लिए कविता इतनी प्रयोजनीय वस्तु है कि संसार की सभ्य-असभ्य

सभी जातियों में किसी न किसी रूप में पायी जाती है। चाहे इतिहास न हो, विज्ञान न हो, दर्शन न हो, पर कविता का प्रचार अवश्य रहेगा।" चलिये इस क़िस्से को इस स्पष्टीकरण के साथ यहीं ख़त्म करते हैं कि पत्रकारिता के क्षेत्र में ज़िम्मेदारी के पद पर बैठा हुआ कोई व्यक्ति यदि अपनी सघन व्यस्तताओं के बावजूद ग़ज़ल की गम्भीर सेवा के लिए अवसर निकालता रहा है वह भी नितान्त ख़ामोशी के साथ तो यह वाक़ई हैरत में डालने वाली बात है।

ऊपर की चर्चा में मैंने प्रताप सोमवंशी को स्पष्ट शब्दों में एक महत्त्वपूर्ण ग़ज़लकार घोषित किया है तो ऐसा करने के पीछे ठोस आधार हैं। प्रताप सोमवंशी ने पर्याप्त संख्या में ऐसे अश्आर कहने में सफलता पायी है जो पाठकों और श्रोताओं के हृदय को आन्दोलित करने की शक्ति रखते हैं। उनके अश्आर से गुज़र कर कोई भी महसूस कर सकता है कि उनकी लेखनी ग़ज़ल की तस्वीर में नये-नये रंग भरने का अनुकरणीय प्रयोग करती है। उदाहरणस्वरूप प्रस्तुत हैं उनके अश्आर–

*पहले दिन छोटे पड़ते थे*
*अब लगता है रात बड़ी है*

*अपनी चीखें भी नहीं पड़तीं सुनाई अब हमें*
*कुछ यहाँ तक दब गये हैं स्वर हमारे देखिये*

उपर्युक्त अश्आर ग़ज़ल की नये रंगों वाली तस्वीरों के नमूने भर नहीं हैं। उनमें हमारा परिवेश बोलता है। उनमें हमारी अनुभूतियों की प्रतिध्वनियाँ गूँजती हैं। वे अश्आर नहीं हमारे हालात का आइना हैं।

ग़ज़ल आज हिन्दी कविता की लोकप्रिय ही नहीं एक समादृत विधा भी है। इस परिदृश्य को देखते हुए हर ढंग और हर रंग का कवि अपने आपको ग़ज़लकार के रूप में शीघ्रातिशीघ्र मान्यता दिलवाने के लिए उतावला दिखाई देता है। ग़ज़ल से एक रचनाकार के रूप में सम्बन्ध जोड़ने के प्रति कवियों में पाया जाने वाला यह उत्साह निस्सन्देह प्रशंसनीय ठहराया जाना चाहिए लेकिन यह तथ्य हमारे मुँह

का स्वाद बिगाड़ देता है कि कवियों का बहुसंख्यक धड़ा ग़ज़ल को अपनाकर स्वयं अपना उद्धार चाहता है। ग़ज़ल की समृद्धि के लिए मन-प्राण खपाने का जज़्बा कम ही ग़ज़लकारों में देखने को मिलता है। प्रताप सोमवंशी इस दृष्टि से भी हमारी बधाई और शुभकामना के पात्र ठहरते हैं। निस्सन्देह वो कवियों के दूसरे धड़े का प्रतिनिधित्व करते दिखाई देते हैं। परिणामस्वरूप ग़ज़ल के प्रति उनकी नेकनीयती, लगन और निष्ठा फलती है और अनुभूतियों को धारदार अभिव्यक्ति प्रदान करने की उनकी क्षमता उजागर होकर उन्हें अन्य समकालीन ग़ज़लकारों के बीच नुमायाँ करती है।

सामान्य बोलचाल की भाषा में काव्यात्मक अभिव्यक्ति का कमाल प्रताप सोमवंशी जैसा कवि ही दिखा सकता है और यह काम प्रायः वे करते नज़र भी आते हैं। कवि कर्म के प्रति अपने रवैये को वे शब्दों की कंजूसी के साथ कैसे सहज ढंग से परिभाषित करते हैं देखिये—

*शब्दों का संसार तलाशा*
*हमने कारोबार तलाशा*

एक रचनाकार के लिए उसकी रचनाएँ उसके बच्चों की तरह होती हैं। सभी प्यारी लेकिन वैविध्यपूर्ण और असमान—

*लायक, कुछ नालायक बच्चे होते हैं*
*शे'र कहाँ सारे ही अच्छे होते हैं*

उपर्युक्त शे'र में प्रताप सोमवंशी ने जो बात कही है कमोबेश वही बात फ़िराक़ गोरखपुरी ने अपने प्रसिद्ध ग़ज़ल संग्रह 'गुल-ए-नग़्मा' (जिस पर उन्हें ज्ञानपीठ पुरस्कार से नवाजा गया था) की भूमिका के तहत कुछ इस प्रकार के शब्दों में कही है। "मेरा कलाम हरगिज़ इन्तिख़ाब नहीं है। यह एक तरह का ख़ुदरौ जंगल है जिसमें सीधे और टेढ़े हर तरह के दरख़्त मिलते हैं।"

रचना-कर्म का सम्बन्ध मन-मस्तिष्क से होता है। मस्तिष्क विचारों की जन्म-स्थली है जहाँ हर प्रकार के विचार उत्पन्न होते हैं लेकिन

मन सभी विचारों को नहीं सहेजता। ढेर सारे विचारों को वह खारिज़ कर देता है। सहेजे गये विचार विचार-धारा का रूप ले लेते हैं जो रचनाओं में स्पष्ट रूप से झलकते हैं। विचारधारा मनुष्य के व्यवहार को प्रभावित करती है। इस विषय में दार्शनिक अरस्तू ने विस्तार से बात की है। उसके अनुसार–"मस्तिष्क की ऊर्जा जीवन का सार है। यह हमारी प्रवृत्ति ही है जो अपने साथ विचार लाती है और हमें जीवन के सच्चे नज़रिए से रू-ब-रू करवाती है। सकारात्मक प्रवृत्ति को क़ायम रखने के लिए बहुत अधिक धैर्य की आवश्यकता होती है। यह याद रखना चाहिए कि हम वही हो जाते हैं जो हम सोचते हैं। इसलिए सकारात्मक विचारों को प्रतिस्थापित करने वाले नकारात्मक विचारों को रोकने के लिए हर वस्तु दे देनी चाहिए।" मेरी अल्प बुद्धि के अनुसार नकारात्मक विचार वे ही होते हैं जो मानव मात्र का विध्वंस करते हैं। और सोमवंशी नकारात्मक विचारों को अपने पास फटकने नहीं देते। चाहे इसके लिए उन्हें अपनी कितनी ही कीमती चीज़ गँवानी पड़ जाये। प्रताप सोमवंशी के व्यक्तित्व के इस पहलू को उनके अश्आर के आइने में भी देखा जा सकता है।

*हो गये जज़्बात गो पत्थर मगर बोलूँगा मैं*
*है तुम्हारे हाथ में खंजर मगर बोलूँगा मैं*

*चौंकते हैं देखकर अपनी ही परछाईं को हम*
*खौफ़ कैसा चढ़ गया है सर हमारे देखिए*

यहाँ कथ्य में पिरोये गये विचारों की सकारात्मकता के साथ ही अभिव्यक्ति का चुटीलापन भी दर्शनीय है।

प्रताप सोमवंशी घोषित रूप से भले ही किसी साहित्यिक आन्दोलन, विचारधारा या वाद से प्रतिबद्ध न हों लेकिन भूख तथा बीमारी से त्रस्त, बेरोजगारी तथा बदहाली से ध्वस्त और अन्याय तथा अत्याचार से ग्रस्त समाज के दमित, शोषित और असहाय व्यक्तियों तथा वर्गों

के प्रति उनकी पक्षधरता उन्हें एक प्रगतिशील और जनवादी कवि की पहचान दिलवाती है, इसमें दो राय नहीं। इस बात का प्रमाण, आइए तलाश करते हैं उनके अश्आर में—

*गमछा बिछा के सो गयीं घर की ज़रूरतें*
*जागीं तो साथ हो गयीं घर की ज़रूरतें*

*सुबह से शाम तलक बेचता है वो ख़ुद को*
*भरम है फिर भी कि ख़ुशियाँ ख़रीद लेता है*

उपर्युक्त अश्आर को उद्धृत करते हुए मुझे उर्दू के सुप्रसिद्ध कवि-आलोचक ज्ञानपीठ पुरस्कार विजेता अली सरदार जाफ़री का एक वक़्तव्य याद आ गया जिसमें उन्होंने कहा था—"हमें नाज़ है कि हम मुट्ठी भर इन्सानों के लिए नहीं लिखते। हम उन अवाम के लिए लिखते हैं जो ज़िन्दगी के असली हीरो हैं और इसलिए वो हमारे अदब के भी हीरो हैं।" बेशक सरदार के इन शब्दों को दुहराने का मेरा उद्देश्य यही है कि आप पर यह वास्तविकता ज़ाहिर हो जाये कि प्रताप सोमवंशी की कविताओं या शाइरी के केन्द्र में भी अवाम ही है। विशिष्ट जन का उल्लेख हुआ है उनके अश्आर में तो सामाजिक विकृतियों को उजागर करने निमित्त ही हुआ है। उदाहरणार्थ पेश हैं उनके ये अश्आर—

*फ्लैट वालों का मिलना होता है*
*लिफ्ट में और रेस्तरानों में*

*रेस में होंगी सड़क पर ज़िन्दगी की गाड़ियाँ*
*एक की अस्सी तो होगी एक की रफ़्तार सौ*

दरअसल प्रताप सोमवंशी को जितना मैंने देखा-सुना है उतने से इसी नतीजे पर पहुँचा हूँ कि उनकी समाजी हैसियत कितनी भी बुलन्द क्यों न हो गयी हो, वो आज भी ज़मीन ही के आदमी हैं। आलीशान फ़्लैट में निवास और महंगी मोटर गाड़ियों की सवारी, मैं समझता हूँ, उनके नजदीक महानगरीय जीवन की औपचारिकता से अधिक

कुछ नहीं है। आज भी उनका मुआमला यही है कि सामने चुने हुए पुर-तकल्लुफ़ दस्तरख्वान पर सजी हुई ढेर सारी आधुनिक थालियों के बीच किसी देशी थाली पर उनकी निगाह सबसे पहले पहुँचती है। तले हुए काजुओं पर भुने हुए चनों को तरज़ीह देना उनकी पहचान है। ऊँची सोसाइटी से भरपूर सामंजस्य बनाये रखने के बावजूद अपने सांस्कारिक वैशिष्ट्य का त्याग उन्हें मंजूर नहीं है। इसीलिए उनके अश्आर में अवामी परिवेश अपनी तमामतर गर्माहट के साथ मौजूद नज़र आता है। उसमें भी, 'बाज़ार' की तुलना में 'घर' पर बात करना प्रताप को अधिक प्रिय है—

*तरह-तरह के लतीफ़े सुनाने पड़ते हैं*
*ये बच्चे सोते कहाँ हैं सुलाने पड़ते हैं*

*बता कर आ गया—पापा हैं घर में*
*उसे जोरों से डाँटा जा रहा है*

इन अश्आर में घर के भीतर की बनावट से पाक फ़ज़ा का प्रतिबिम्बन तो हमें रस-विभोर करता ही है, लहजे की ताज़गी एक अलग किस्म के आनन्द से परिचित करवाती है। प्रताप को घरेलू बातों में अधिक मज़ा आता है यह बात अपनी जगह लेकिन वो बाहर की दुनिया से भरपूर सरोकार रखते हैं, इस बात का सुबूत हम उनके दूसरे अश्आर से पहले ही पा चुके हैं।

घर का कोना-अँतरा हो या ब्रह्माण्ड का असीम विस्तार कवि की दृष्टि हर स्थान पर पहुँचने का यत्न करती है। कहा ही गया है कि 'जहाँ न पहुँचे रवि, वहाँ पहुँचे कवि।' फिर प्रताप सोमवंशी तो पेशे से पत्रकार हैं। नित नयी ख़बरों की खोज उनकी दिनचर्या में शामिल है। ऐसे में यह कैसे सम्भव था कि उनकी रचनाएँ समसामयिक घटनाओं और उनकी कोख से जन्मी समस्याओं का आइना बनने से वंचित रह जातीं। समाज में व्याप्त विसंगतियों, विकृतियों, विषमताओं आदि को

अभिव्यक्ति प्रदान करने में प्रताप सोमवंशी ने ज़रा भी कोताही नहीं की है। मानवीय सम्बन्धों के साथ ही दर्शन को भी अपनी अभिव्यक्ति के दायरे में स्थान दिया है उन्होंने—

*ढक लेती है सबकी मुश्किल*
*घर के मुखिया की पगड़ी है*

*चुप्पी से रिश्ते मुरझाने लगते हैं*
*मीठे-मीठे लफ़्ज़ों से सींचा करना*

*घर लौटे हैं सपने थक कर*
*देहरी पर इक आस खड़ी है*

*यादें पाले, ख़्वाब भी पाले, धड़के भी*
*इक बेचारे दिल के कितने काम लिखूँ*

कविता को बन्धन-मुक्त करवाने पर अपना सारा ज़ोर ख़र्च कर देने वाला कवि भली-भाँति जानता है कि उसका यह सारा जतन अपना रास्ता आसान करवाने के लिए है अन्यथा तो कविता कभी नहीं चाहती कि उसे व्याकरण सम्मत साफ़-सुथरी भाषा से वंचित किया जाये, उससे आकर्षक शैली का आभूषण छीन लिया जाये, उसके काँधों पर अनावश्यक शब्दों का बोझ लाद दिया जाये और यदि उसके मस्तक पर छान्दसिक विधा होने का लेबल चस्पां है, तो पिंगल शास्त्रीय नियमों की अवहेलना से उसे विकृत किया जाये। और फिर ग़ज़ल तो अत्यन्त नाज़ुक-मिज़ाज है। छुई-मुई सी। ज़रा सी असावधानी भी उसके मन को ज़ख़्मी करने के लिए काफ़ी है। प्रताप सोमवंशी के अश्आर इस बात का सुबूत प्रस्तुत करते हैं कि उनके रचयिता ने स्वयं को इस मोरचे पर शक्ति भर सचेत और सजग रखने का प्रयास किया है और इसीलिए उनके अश्आर काँच के प्रिज़्म की तरह बाह्य रूप से स्वच्छ

और निर्मल दिखाई देते हैं तो उनके भीतर झाँकने पर हमें अर्थ के सप्तरंग इन्द्रधनुष के दर्शन होते हैं।

आइये, प्रताप सोमवंशी के कुछ और अश्आर को सामने रखकर देखें कि हमारा कवि हमें अपने निजी अनुभवों में कहाँ तक शरीक कर पाता है। कवि द्वारा कही गयी बात जब हमें अपने मन की बात महसूस होती है तो यह उसकी सफलता की पराकाष्ठा होती है। आज हम इतना व्यस्त जीवन गुजारते हैं या गुजारने को मजबूर हैं कि बिना ज़रूरत के अपने सगे-सम्बन्धियों, मित्रों और शुभचिन्तकों तक से मिलने की फुर्सत नहीं निकाल पाते। इस विचार को कैसी ख़ूबसूरती से शे'र का रूप दिया है कवि ने—

*मिलने की तुझसे कोई तो सूरत बची रहे*
*बेहतर है दोनों ओर ज़रूरत बची रहे*

तहज़ीबी तरक्की की बुलन्दियों पर पहुँच कर भी हमने अपनी आधी आबादी को किस हाल में रख छोड़ा है इसका छोटा सा उदाहरण देकर कवि हमें अन्दर तक झकझोर कर रख देता है।

*यह जो इक लड़की पे हैं तैनात पहरेदार सौ*
*देखती हैं उसकी आँखें भेड़िए ख़ूँख़्वार सौ*

प्रताप का एक इन्तिहाई ख़ूबसूरत शे'र मैं खासतौर से पेश करना चाहता हूँ कि उसके आइने में मुझे स्वयं कवि का प्रतिबिम्ब भी नज़र आता है। शे'र यों है—

*कैसे कह पाता कोई किरदार छोटा पड़ गया*
*जब कहानी में लिखा अख़बार छोटा पड़ गया*

आज जो कुछ प्रताप सोमवंशी हैं वो तो हैं ही, मुझे उनका वह रूप याद आ रहा है जब वो मुझसे लगभग पच्चीस वर्ष पहले 'होनहार बिरवान के होत चीकने पात' की व्याख्या बनकर मिले थे। और कोई तफ़सील तो नहीं बता सकता लेकिन इतना ज़रूर याद है कि एक

शालीन और गम्भीर नौजवान मुझे मिला था और पहली ही नज़र में आँख के रास्ते से सीधे मेरे दिल में उतर गया था। मैंने उस नौजवान में एक समर्थ ग़ज़लकार होने की सम्भावना उसी समय देख ली थी।

**—एहतराम इस्लाम**

**635/547, अतरसुइया,**
**इलाहाबाद-211003**
**मोबाइल : 09839814279**

# मुझसे ही लड़ता है रोज़

आख़िरकार एक लम्बे अरसे बाद मेरा आलस्य दोस्तों की ज़िद और उनकी शुभेच्छा से हारा। परिणामस्वरूप, जाने कब से मेरी ही तरफ़ से अटका यह ग़ज़ल संग्रह प्रकाशक के पास जाने के लिए तैयार हो सका। ऐसा कई बार हुआ है कि मैं जो कर रहा हूँ, वही कर रहा हूँ, जो छूट गया, वह नीचे सरकता जाता है। मेरे आलस्य से मेरे दोस्तों की शिकायत वाजिब है। ऐसा कई बार हुआ है कि कोई न कोई दफ़्तरी वजह निकालकर मैं संग्रह के काम को अकसर साल-दर-साल पीछे ढकेलता आया हूँ।

पढ़ाई के दिनों में टाइम-टेबिल जाने कितनी बार बनाया, लेकिन उस पर अमल कुछ घंटे और दिनों तक ही सीमित रहा। खुद से किया वादा तोड़ने की लम्बी सूची है मेरे पास। मैं अपनी इस कचोट को शे'र में कह के जान छुड़ा लेता हूँ—

*शाम ढले ये टीस तो भीतर उठती है*
*मेरा खुद से हर इक वादा झूठा था*

ग़ज़ल संग्रह अगर अपने सोचे से पूरा करता तो बीस बरस पहले ही आ जाता। ये अलग बात है कि उसमें इस संग्रह में शामिल शायद गिनती की ग़ज़लें ही जगह पातीं। उस समय की लिखीं बहुत सी ग़ज़लें इस लायक नहीं लगीं कि पढ़ने वालों को अतिरिक्त कष्ट दिया जाये। अगले बीस बरस बाद हो सकता है, इस संग्रह की रचनाओं के बारे में यही राय बना लूँ। दरअसल संग्रह के हाँ-ना में जैसे साल बीतते गये वैसे अपनी लिखी बहुत सी रचनाएँ ग़ैर-ज़रूरी लगने लगीं, या यूँ लगा

कि इस ख़्याल पर तो मुझसे हज़ार गुना बेहतर लिखा जा चुका है।

ऐसे में किताब बनाना मेरे लिए आत्मविश्वास और दोस्तों के मुझ पर विश्वास को एक तराज़ू में रखकर तुला बराबर करने का अभ्यास करना था। ऐसा कर पाने के पीछे की ताकत भी वे लोग रहे जो मेरे जैसे अनाम कवि से न जाने कब से एक नाता बनाये-ब्चाये रहे। चार साल हुए ट्विटर पर गाहे-बगाहे शे'र डाल दिया करता था। नया लिखा तो वह भी, बाकी पुराना, धीरे-धीरे वहाँ ऐसे दोस्त मिले जिन्होंने दो दशक पहले जनसत्ता, हंस, नवभारत टाइम्स और यहाँ तक की लघु साहित्यिक पत्रिकाओं में छपी मेरी ग़ज़लों को मुझसे ही साझा करने शुरू किये। दशहरा आते ही मेरा शे'र—

*राम तुम्हारे युग का रावण अच्छा था*
*दस के दस चेहरे सब बाहर रखता था*

जगह-जगह से मेरे मोबाइल में मैसेज के रूप में भरोसा बनकर लौट आता है। बरसों पहले की चीज़ें सहेजकर रखीं, कुछ ऐसी भी जो मेरे पास नहीं है। मन भर आया। किताब बनाने का निश्चय और प्रभावी हुआ।

इतना होने के बावजूद भी यह किताब न बन पाती अगर मेरे इस निश्चय में प्रतिमा (मेरी पत्नी) की सहेजी-वृत्ति शामिल न होती। उन्होंने कहाँ-कहाँ से कोने-अन्तरे में पड़ी ग़ज़लें और फुटकर शे'र ढूँढ़ निकाले। फुटकर शे'रों से समूची ग़ज़ल तक, सब उन्होंने पुरानी डायरियों के पन्ने रख दिये। लिफ़ाफ़े में रखे काग़ज़, किताबों के आख़िरी खाली पेज पर लिखी ग़ज़लें मेरे सामने थीं। दफ़्तर जाते वक़्त अलमारी की कुछ पुरानी डायरियाँ और पीले पड़ चुके कई पन्ने रखे होते थे, इस चेतावनी के साथ कि इसमें कुछ फुटकर शे'र और एक-दो ग़ज़लें हैं, देखते जाइए कि काम की हैं या नहीं। देर रात दफ़्तर से वापसी पर भी खाने की मेज़ पर वैसा ही कुछ रखा मिलता। संग्रह से क्या होगा पता नहीं, पर इसकी तैयारी में स्वच्छ भारत के जुमले से स्वच्छ अलमारी ज़रूर हो गयीं। प्रतिमा की इस मेहनत के आगे मेरे आलस्य का लजाना स्वाभाविक था—

*मेरी कितनी दिक्कतें वो बाँटती है इस तरह*
*अपने बक्से से निकालेगी अभी दो-चार सौ*

ये शे'र कभी मैंने अम्मा को ज़ेह्न में रख कर कहा था। महीने का आख़िरी हफ़्ता घर में आर्थिक आपातकाल की तरह होता था, पिताजी की तनख़्वाह के बचे रुपये दस-बीस के नोट ही घर में मौजूद होते थे। कुछ भी नया खरीदना बन्द, खाने की बाहर की कोई चीज़ भी नहीं। पिताजी कहते, यार, अम्मा से कहो चोर बक्से से कुछ निकालें। अम्मा हर गाढ़े वक़्त अपने उस बक्से से ज़रूरी सौ-पचास निकालती आयी हैं। किताब बनाते समय पत्नी इस शे'र में याद आयीं उसी सौ-पचास की तरह मेरी सारी डायरियाँ और पुरजियाँ कहाँ-कहाँ से बटोर रखी थीं। पीढ़ी बदलने के साथ माँ से बेटी हो कि सास से बहू यह गुण ग्रहण करती आयी है।

अब लिखने की बात। जब जैसे जो हुआ हो गया। कोई सुनियोजन लेखन मेरे जैसे व्यक्ति के लिए सम्भव नहीं है। अन्तर्विरोधों और भीतर की असहमतियों के स्वर फूटने को हुए तो लिख दिया। शे'र कहे या वह कविता या कहानी बनी। शायरी इसीलिए प्रिय रही कि भीतर की बड़ी से बड़ी तड़प एक शे'र बयान करने की कुव्वत रखता है, शे'र हुआ तो लगा बात बन गयीं। इसीलिए मेरे शे'रों में खुद से लड़ने, जूझने, थकने, हारने, जीतने के स्वर इन शे'रों में शामिल हैं। ये शे'र अपने जन्म के समय से मेरे हिस्से का सारा सुख मुझे देते आये हैं। बीच में कभी दोस्तों के बीच सुनाकर उसका सूद वसूल लेता रहा। पत्र-पत्रिकाओं में छपने का सिलसिला कुछ यूँ रहा कि किसी ने माँग लिया तो भेज दी। सच तो ये है कि जिस समय जहाँ जो कर रहा होता हूँ, वही सबसे ज़रूरी काम लगता है। मेरा शायर लम्बे-लम्बे वक़्त तक मुझसे नाराज़ रहा है। शे'र कहने के दौरे से आते हैं, आये तो आठ-दस ग़ज़लें भी हो गयीं। नहीं तो सन्नाटा। एक बार तो मेरा शायर पाँच बरस बाद लौटकर मेरे पास आया। पिछले 27 साल में हुईं ये कुल 100 ग़ज़लें औसत में प्रति साल चार से कम बैठती हैं।

शे'रों से ज़बरदस्ती करने का न मन रहा न मिज़ाज। हाल-हालात से टकराहट की एवज़ में जो हो गयीं हो गयीं–

*झूठे-सच्चे सारे क़िस्से उसको सब मालूम हैं*
*मेरे अन्दर है कोई जो मुझसे ही लड़ता है रोज़*

लिखना मुझे क्या देता है? किसी ने कभी पूछा कि लिखना आपकी नज़र में क्या है? उस समय उत्तर देने में एक घंटे तक समझाता रहा। धीरे-धीरे यह एक वाक्य में समझ आ गया। मेरा लिखना मुझे आत्मसम्मान से जीना सिखाता है। मेरी पूरी लेखन यात्रा को आप इसी एक पंक्ति का विस्तार मान सकते हैं। मेरे इस आत्मसम्मान में पुरखों के दिये वे संस्कार भी हैं, जो शायरी की शक्ल में हो कि ज़िन्दगी की। दोनों कसौटी पर खरा उतरने और बीते कल से और बेहतर इन्सान बनने के अपने अभ्यास जारी रखता हूँ। वक़्त मुझे जब कभी दायें-बायें भटकाने की कोशिश करता है तो मेरी शायरी मुझे खींच के मेरे उन्हीं संस्कारों तक ले आती है।

*कोशिश यही कि उम्र भर नीयत बची रहे*
*पुरखों की कमाई हुई दौलत बची रहे*

'दुनिया बहुत बुरी है। अकेले मैं बहुत श्रेष्ठ हूँ, जो हमें छोड़ जाये वो धोखेबाज़। जिसे हम छोड़ आयें वह हमारी मजबूरी। नैतिकता की कुछ लाइनें अब दुनिया में अच्छे लोगों के लिए जगह नहीं रही।'–ये सारी बातें मुझे चिढ़ने और कुढ़ने की हद तक नापसन्द हैं। सच को नकारता नहीं, हाँ, झूठ ढोने की आदत नहीं है। मेरी पूरी शायरी में ज़माने को घटिया और सस्ता बताने वाले शे'र शायद हीं कहीं टकराएँ, किसी शे'र से अगर ऐसा भाव आप ग्रहण भी करें तो वह उसकी परछाईं होगी, मेरा मूल नहीं।

शे'र कहने सुनने से हज़ार गुना ज़्यादा मुझे असल के शे'र जिगर वाले लोग पसन्द हैं। सच के साथ रीढ़ ताने खड़े लोग, दूसरों की मदद के लिए अपना नुक़सान उठाने को हरपल तैयार, ग़लत को ग़लत कहने की हिम्मत वाले लोग। शे'र कहूँ या कहानी लिखूँ, इनके गुण गाने और

इनके बारे में बतियाने का शौक़ जाने कब से लगा अब तो यह आदत से आगे बढ़कर लत तक जा पहुँचा है। इसी ने मुझे शक्ति दी कि मैं अपने से कहीं ज़्यादा दुनिया के बेहतर होने पर भरोसा करूँ। मेरे पास शे'रों से कई गुना ज़्यादा ऐसे लोगों का ख़ज़ाना है। और ऐसे ही लोगों के बीच रहने और जीने के अवसर तलाशता रहता हूँ। अख़बार की नौकरी इस मायने में मददगार भी बहुत साबित हुई है कि मैं अपने जनधन का ख़ज़ाना इसी के जगह लगातार सम्पन्न करता आया हूँ।

*हमारा दिल तो फ़क़ीरों के साथ रहता है*
*मगर दिमाग को पैसै कमाने पड़ते हैं*

अख़बार और शायरी के रिश्ते को निभाने का सवाल मेरे लिए सबसे आम है। यहाँ भी उसका जवाब लिखना ज़रूरी है। अख़बार की नौकरी ने मुझे देश और दुनिया के ख़ूबसूरत से बदसूरत चेहरे देखने-समझे के अवसर दिये। ख़ूबसूरती जहाँ थी, वह प्रकृति की सहेजी और मनुष्य की सँवारी थी। बदसूरती जहाँ थी, वह चेहरा भी इन्सान ने बिगाड़ा। जो सही दिखा उसे मंज़िल तक और जो ग़लत नज़र आया उसे अंजाम तक पहुँचाने की ख़बरें लिखना-छापना और यहीं से पड़े बीज और रोपी कलम से कविताओं का सृजन करने की कोशिश की। यही वजह है कि शे'र पढ़ते समय पीछे की कहानी मेरे साथ-साथ यात्रा करती है। शे'र पढ़ते समय वे क़िस्से बताने का सुख ज़रूर उठाता हूँ। कई बार तो दोस्तों को क़िस्से ज्यादा बेहतर लगते हैं, सोचता हूँ चलो शे'र नहीं बाँध पाया तो क्या हुआ, बात तो गाँठ बाँध ली इन सब ने।

आख़िर में, कविताओं से जुड़ाव का एक किस्सा भी सुन लीजिए। इलाहाबाद के दिनों में घर पर दोस्तों की एक महफिल जमी थी। कमरे में बार-बार आती-जाती अम्मा कुछ कहने से अटक रही थी। इतने में किसी ने तारीफ़ की, आपको हज़ारों शे'र याद हैं, कमाल है, कैसे याद कर लेते हैं आप। अपनी तारीफ़ को मैं भीतर रखता कि इसके बीच में ही अम्मा ने वाक्य जोड़ दिया—हाँ, कविता कहानी ही याद है। घर का पाँच सामान लाना हो तो दो ज़रूर भूल जायेंगे। कविता

से अपने अनुराग की इससे बेहतर प्रशंसा न आजतक मिली है, न मिलेगी। अम्मा का यह भरोसा आजतक क़ायम है, मुझे भी लगता है कि नौकरी करने के बाद जो भी दो-चार प्रतिशत बचा हूँ वो शायरी के हिस्से में ही। अच्छे शे'र पाते ही याद कर लेना, उसे दोस्तों के बीच बाँटना भाव को दो गुना महसूस करने का सुख उठाना है। शायरी के साथ इसी तरह के सुखी-सम्पन्न रहने और जीने की कामना का एक पड़ाव यह संग्रह है।

अब कुछ ज़रूरी ज़िक्र—मेरे मित्र जितेन्द्र रामप्रकाश, दो दशक की दोस्ती में हुई हर मुलाकात किताब बनाने की सलाह, ज़िद या चेतावनी के साथ ही पूरी होती रही है। एहतराम भाई, जिस प्यार से उन्होंने बीस-इक्कीस साल के एक नौजवान शायर को सहेजा फिर संग्रह की भूमिका लिखकर धड़ को सर लगाया, निःशब्द हूँ। बड़ों को धन्यवाद देने की आदत नहीं सिखाई गयी, महसूस करने का संस्कार कभी छूटने नहीं दूँगा। विख्यात शायर मंगल नसीम का ज़िक्र यूँ ज़रूरी है कि अगर उनकी पारखी आँखों से यह संग्रह न गुज़रा होता तो बहुत कील-कंकड़ छूट जाने की सम्भावना रहती। आख़िर में, घर पर शुरुआत के दिनों में शे'र सुनने के लिए मेरी छोटी बहन बबिता सिंह ही होती थी। कई बार अम्मा ये भी कहतीं, उसे पढ़ने दो, कविताएँ मत सुनाना। ऐसे में बुरे दिनों की अच्छी श्रोता का ज़िक्र न आये, कैसे मुमकिन है।

**दूसरे संस्करण के बारे में–**

नवम्बर 2016 में किताब का पहला संस्करण आया। फरवरी 2017 यानी चार महीने से कम समय में पुस्तक का दूसरा संस्करण आ रहा है। आप पाठकों के इस अपार स्नेह के लिए मैं नतमस्तक हूँ। मेरे पास कोई शब्द नहीं बचा, जिससे मैं इस भाव को अभिव्यक्त कर सकूँ। पहले संस्करण की बची-खुची त्रुटियों को सुधारने में मदद करने के लिए अनुजवत डॉ. तारिक़ क़मर और विजेन्द्र को ढेर सारा प्यार और आभार।

सप्रेम,

**–प्रताप सोमवंशी**

# अनुक्रम

राम तुम्हारे युग का रावण अच्छा था
दस के दस चेहरे सब बाहर रखता था

दुख देकर ही चैन कहाँ था ज़ालिम को
टूट, तड़प भी चेहरे पर वो पढ़ता था

शाम ढले ये टीस तो भीतर उठती है
मेरा ख़ुद से हर इक वादा झूठा था

ये भी था कि दिल को कितना समझा लो
बात ग़लत होती थी तो वो लड़ता था

मेरे दौर को कुछ यूँ लिक्खा जायेगा
राजा का किरदार बहुत ही बौना था

झूठ कहूँ तो दिल तैयार नहीं होता
सच से लेकिन बेड़ापार नहीं होता

आप नफ़े में खुश हैं, हम घाटे में खुश
रिश्तों का हमसे व्यापार नहीं होता

राम की शबरी जंगल में तो रहती है
बेरों पर उसका अधिकार नहीं होता

सब केवल अपनी कमज़ोरी जीते हैं
रिश्ता तो कोई बीमार नहीं होता

सुनना, सहना, चुप रहना फिर हँसना भी
ख़ुद पे इतना अत्याचार नहीं होता

ख़ुद से डरना कश्ती पे भी शक करना
अब ऐसे तो दरिया पार नहीं होता

ये सच है वो हर हफ़्ते ही आता है
सबकी किस्मत में इतवार नहीं होता

सीधे, सच्चे, अच्छे भी हैं लोग बहुत
कैसे लिख दूँ दो-दो चार नहीं होता

झूठ पकड़ना कितना मुश्किल होता है
सच भी जब साज़िश में शामिल होता है

तय हो जाता है तब क़िस्तों में मरना
अपने अन्दर ही जब क़ातिल होता है

नींद बड़ी अच्छी आई कल रात मुझे
सच कहने से ये तो हासिल होता है

पत्थर के सौ वार भी हों सह लेता है
मन ये लेकिन फूल से चोटिल होता है

दिन कुछ उल्टी-सीधी हरकत करता है
इसीलिए मन रात को बोझिल होता है

लायक़ कुछ नालायक़ बच्चे होते हैं
शे'र कहाँ सारे ही अच्छे होते हैं

औरों के दुख में आँखें भर आती हैं
ऐसे आँसू ख़ालिस सच्चे होते हैं

बच्चों की ख़ुशियाँ ढेरों सुख देती हैं
हाथ में उम्मीदों के लच्छे होते हैं

हम ही उल्टा-सीधा सोचा करते हैं
रिश्ते थोड़े पक्के-कच्चे होते हैं

जब आँखों का एक भरोसा ढहता है
सपनों के लाखों परखच्चे होते हैं

मीठे लोगों से मिलकर हमने जाना
तीखे-कड़वे अक्सर सच्चे होते हैं

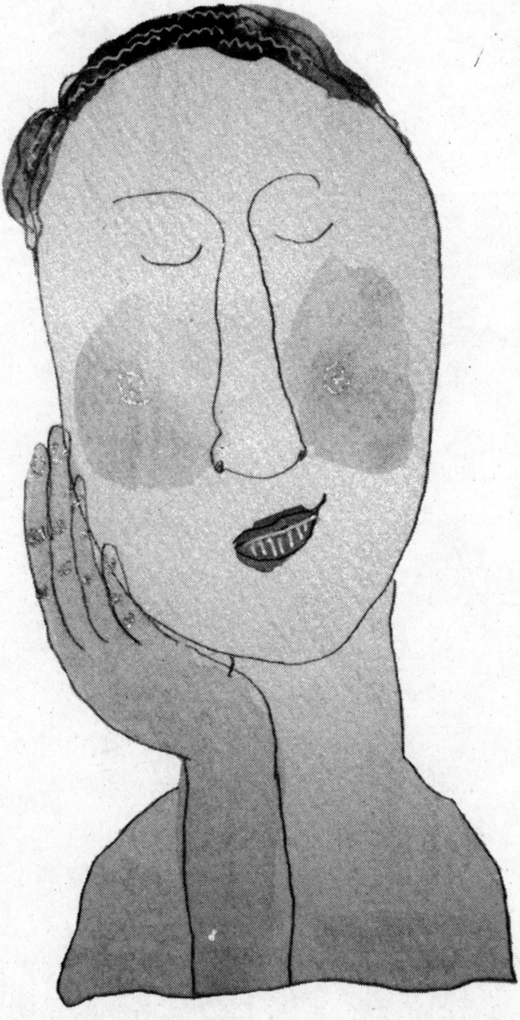

शहर वो साहूकार है जिसको कोस रहा है हर कोई
ये सच भी सबको मालूम है दाना-पानी उसके पास

भरोसे जीत जाते हैं बुज़ुर्गी काम आती है
कई मौक़ों पे शै कोई पुरानी काम आती है

भले ये सच न हो साबित मगर ऐसा भी होता है
किसी लम्हे की कोई बेवकूफ़ी काम आती है

नतीजा यह हुआ कि शून्य आया उसके हिस्से में
मुझे समझा रहा था अक़्लमन्दी काम आती है

बताते हैं सभी पर मानने वाले नहीं मिलते
मुसीबत के दिनों में सिर्फ़ बेटी काम आती है

बहुत महँगे खिलौने और तोहफ़े हार जाते हैं
रिझाने के लिए तब एक तितली काम आती है

सभी भाषाओं में सम्भव है लिखना, सोचना, पढ़ना
समझना हो मगर ख़ुद को तो हिन्दी काम आती है

सुबह से शाम तक घर में बँटी है
ज़रा-सा छेड़ने पर हँस पड़ी है

किसी एहसास ने काँधा छुआ जब
ख़ुशी से अगले ही पल रो पड़ी है

कोई मुश्किल में हो, आगे दिखी है
कि उसके हाथ में जादू छड़ी है

बहुत रोती है जो तनहाइयों में
सभी रिश्तों की वो ताक़त बनी है

नज़र आयी है उसकी तिलमिलाहट
किसी ने बात जब झूठी कही है

किया मैंने उसे महसूस जितना
वो उससे और भी गहरी मिली है

भरोसा जैसे-जैसे बढ़ रहा है
कई परतों में वो खुलने लगी है

उसे जलते हुए दिन याद आये
सुबह से इसलिए शायद बुझी है

चमक चेहरे पे उसके लौट आयी
कोई उम्मीद की लौ जल उठी है

एक भरोसा ढह जाये तो क्या-क्या लगता है
जो तुमको झूठा कहता था सच्चा लगता है

बच्चे भी घर की चादर का साइज़ जान गये
ख़्वाहिश ढकने की कोशिश से ऐसा लगता है

सैलाबों से लड़ते-लड़ते हार गया शायद
ऊँचा टीला आज सुबह से बौना लगता है

जिसको देखो बाज़ारों को दोषी कहता है
मुझको तो अपना ही सिक्का खोटा लगता है

नाप-तौलकर रिश्ता रखने वाले क्या जानें
कुछ लोगों से मिलकर केवल अच्छा लगता है

उफनाई है और चढ़ी है
दुख की नदिया फूट पड़ी है

पहले दिन छोटे पड़ते थे
अब लगता है रात बड़ी है

आसमान है उलझा-उलझा
चाँद सितारों में बिगड़ी है

महँगे कपड़े, लम्बी गाड़ी
आँख मगर उजड़ी-उजड़ी है

बाज़ारों में प्यार बढ़ा है
घर में पर तकरार बढ़ी है

घर लौटे हैं सपने थककर
देहरी पर इक आस खड़ी है

ढक लेती है सबकी मुश्किल
घर के मुखिया की पगड़ी है

ख़्वाब रखते हैं, ख़यालों से घिरे रहते हैं
यूँ समझ लो कि उजालों से घिरे रहते हैं

मुश्किलों से कि सवालों से घिरे रहते हैं
हम यहाँ चाहने वालों से घिरे रहते हैं

हम बुज़ुर्गों की दुआओं के ख़ज़ाने वाले
हर घड़ी माँगने वालों से घिरे रहते हैं

उनकी झोली में भलाई के हैं क़िस्से कितने
बात करते हैं मिसालों से घिरे रहते हैं

बन्द ज़ेह्नों में हुए क़ैद ये कितने चेहरे
खुद लगाए हुए तालों से घिरे रहते हैं

कोई क़िस्सा हो जारी बन के आओ
नहीं तो नींद प्यारी बन के आओ

परिन्दे सिर्फ़ इतना चाहते हैं
शिकारी हो शिकारी बन के आओ

अगर फूलों की फ़सलें चाहते हो
सुनो, तुम लोग क्यारी बन के आओ

यहाँ बातें हवा में उड़ रही हैं
कोई इक लफ़्ज़ भारी बन के आओ

जो कोने-कोने में सिक्के छुपा के रखती थी
वो घर के वास्ते क्या क्या बचा के रखती थी

न याद आये भला कैसे मुझको वो माई
जो सबके वास्ते लम्हे चुरा के रखती थी

किसी के होने से मौसम महकता रहता था
कि वो हवाओं में ख़ुश्बू मिला के रखती थी

हमारी उम्र बढ़ी तब कहीं समझ पाये
उदासियों को वो ख़ुद में छुपा के रखती थी

किधर का ज़ोर था, जाने कहाँ की ताक़त थी
कोई झुका हो तो काँधा लगा के रखती थी

दुख के काले बादल सब छँट जायेंगे
खुश हो जा नकली चेहरे हट जायेंगे

अपने ओहदे, अपने रुतबे से बचना
सीधे, सच्चे, अच्छे सब घट जायेंगे

दरवाज़ों से कड़वी बातें मत कहना
अन्दर-अन्दर बिखरेंगे फट जायेंगे

आएँगे तारीफ़ों के चुम्बक लेकर
लालच, धोखा, मतलब सब सट जायेंगे

सुख की सारी बेलें सूख ही जायेंगी
हम जिस दिन अपनी जड़ से कट जायेंगे

बुझा ली प्यास जो उसने, रहा नदी का नहीं
ग़रज़ का अपनी सगा है वो, आदमी का नहीं

अजीब चाह है उसकी भी देखिए तो ज़रा
सभी हों उसके भले वो हुआ किसी का नहीं

ख़ुशी में उसकी न आये नज़र उदास कोई
मगर उदासी में उसकी गुज़र ख़ुशी का नहीं

मैं उसके चेहरे पे लौटी हुई चमक का गवाह
कहा जो दुख है ये मेरा भी है उसी का नहीं

यह जो तन्हाई मेरी है
अल्बम ही देखा करती है

छूती है आँखों से मुझको
उँगली से पढ़ती रहती है

इक छोट-से झोले में वो
ख़ुश्बू ही ख़ुश्बू रखती है

भर जाती है अन्दर-अन्दर
जब भी जाने को कहती है

मेरी सेहत को लेकर वह
जब मिलती है तब लड़ती है

मुँहदेखी जिसका पेशा है
कुछ भी बोले डर लगता है

कोई अच्छी बात नहीं है
हर मौसम में जो हँसता है

बात का काँटा चुभ जाए तो
बरसों बरसों तक दुखता है

आँखों को पढ़ना आये तो
बाज़ारों में घर दिखता है

मिलता है मुश्किल से कोई
जिसके आगे सिर झुकता है

इधर बातें छुपाने लग गया है
वो कुछ-कुछ दूर जाने लग गया है

अकेले में हँसाने लग गया है
बहुत ही याद आने लग गया है

सुबह, दिन, शाम, रातें जी उठी हैं
कि वो क़िस्से सुनाने लग गया है

उदासी उसकी ख़ंजर-सी चुभे है
मुझे कुछ यूँ सताने लग गया है

अटक जाता है जब भी बोलता है
बहाने जो बनाने लग गया है

पास रहकर भी निगाहों से बचाए रखना
अपने दुख-दर्द को अपनों से छुपाए रखना

हम गुणा, भाग, घटा, जोड़ नहीं कर पाते
अपनी आदत में है रिश्तों को निभाए रखना

ख़ुद को ख़ुद से ही छुपाने का तरीक़ा है ये
अपनी बातों में सदा ख़ुद को लगाए रखना

प्यास जब हाथ उठाए तो न खाली जाये
बादलों इतनी तो उम्मीद जगाए रखना

आँधियों से कभी बुझती नहीं उम्मीद की लौ
यों ही एहसास के दीपक को जलाए रखना

कुछ भले लोग कहानी की तरह मिलते हैं
दुख किसी का भी हो काँधे पे उठाए रखना

ख़ताएँ कोई करता है, मैं खुद से रूठ जाता हूँ
कोई इक लफ़्ज़ सिर पर आ गिरे तो टूट जाता हूँ

कहीं रिश्ते बिखरते देखता हूँ तो मेरे भाई!
मैं थोड़ा टूट जाता हूँ, मैं थोड़ा फूट जाता हूँ

गिला कीजै किसी से क्या नज़रअन्दाज़ करने का
कि खुद अपनी नज़र से थोड़ा-थोड़ा टूट जाता हूँ

वो शायद खुश रहे बरबादियों में देखकर मुझको
इसी एहसास से मैं खुद को अक्सर लूट जाता हूँ

गुज़रे दिनों के भूले-बिसरे मंज़र रख लेना
कड़वी यादों के हिस्से भी हँसकर रख लेना

उल्टे दिन हैं दुख बाँटोगे तो बढ़ जायेगा
ख़ुद को ख़ुद ही चिट्ठी लिखना, पढ़कर रख लेना

मौसम से लड़-लड़ के ये जो तिनके जोड़े हैं
आँधी आये तो पंखों को अन्दर रख लेना

सुख का दुख से जुड़वों जैसा रिश्ता होता है
जब-जब हँसना तब-तब आँसू ढककर रख लेना

शाम-सवेरे, रात-दुपहरी ये क्यों होता है
कुछ लमहों को दिल के अन्दर अक्सर रख लेना

तमाम रिश्ते तराज़ू में तौलते रहना
है अपने आप के बारे में सोचते रहना

नहीं कुछ और नतीजा है अपनी कमियों का
ख़ुद अपने आप के बारे में पूछते रहना

सब उसकी आँख चमकने पे हँसने लगते थे
है एक बच्चे में घर भर को ढूँढ़ते रहना

थका ही जानिए हमको, हमारे बस का नहीं
जिधर हो भीड़ उसी ओर दौड़ते रहना

ये उसका ख़ुद को छिपाने का इक तरीक़ा है
किसी भी शख़्स से मिलते ही बोलते रहना

हो गये जज़्बात सब पत्थर मगर बोलूँगा मैं
है तुम्हारे हाथ में ख़ंजर मगर बोलूँगा मैं

कह इसे दीवानगी या और कोई नाम दे
वो गया है बात ये कहकर मगर बोलूँगा मैं

भीड़ से हटकर कोई भी बात होनी चाहिए
सब रहें ख़ामोश बुत होकर मगर बोलूँगा मैं

बेबसी हो मुफ़लिसी या दूसरी मजबूरियाँ
रोकती हैं ये सभी अक्सर मगर बोलूँगा मैं

जानता हूँ गर खुलेंगे लब तो होगा सामने
क़त्लो-ख़ूं का, लाश का मंज़र मगर बोलूँगा मैं

ये ख़्वाहिशें भी वो सीढ़ियाँ हैं जो ख़त्म होती नहीं कभी भी
समझ गया हूँ मैं चढ़ते-चढ़ते कई बरस से उतर रहा हूँ

कोशिशें चाहे हम हज़ार करें
मुश्किलें फिर भी इन्तज़ार करें

ये मुसाफ़िर किधर से जायें अब
रास्ते भी कभी विचार करें

हर हक़ीक़त से तोड़कर नाता
लोग सपनों से सिर्फ प्यार करें

आप देंगे हमें तो क्या देंगे
वायदे भी सभी उधार करें

बिना मतलब ही अच्छा बन रहे हैं
नया फिर एक धोखा बन रहे हैं

अजब है लोग जिसको कोसते हैं
गजब है ठीक वैसा बन रहे हैं

छलक आयी हैं खुशियाँ घर की देखो
वहाँ बच्चे भरोसा बन रहे हैं

उगाने के लिए बच्चों के सपने
वे बारिश धूप क्या-क्या बन रहे हैं

उन्हें इज़्ज़त भला कब रास आई
वे देखो फिर से छोटा बन रहे हैं

उमस की रात हो बिजली न आये
किसी की याद अब ऐसी न आये

बहुत अच्छा है फल आये हैं लेकिन
दुआ ये भी करो आँधी न आये

जहाँ हम साथ दोनों चल न पायें
गली अब कोई भी ऐसी न आये

नदी तो चाहती है सिर्फ़ इतना
किसी भी जाल में मछली न आये

उदासी बाग की कुछ बढ़ गयी है
खिले हैं फूल पर तितली न आये

केवल दुहरापन जीते हैं
कब हम अपना मन जीते हैं

यूँ मन के निरधन जीते हैं
दिनभर ख़ालीपन जीते हैं

बाकी सब ऋण हो जाता है
जब हम केवल धन जीते हैं

शौक़ कहो या मजबूरी में
अपना-अपना तन जीते हैं

राम-राम के जाप में ढककर
मन में इक रावण जीते हैं

औरों से उम्मीदों वाली
बेमतलब उलझन जीते हैं

हम जैसे कुछ अधबूढ़े तो
सपनों में आँगन जीते हैं

हरा इक पेड़ सूखा जा रहा है
हमें प्रतिशत में बाँटा जा रहा है

इधर दीवार ऊँची हो रही है
उधर खाई को पाटा जा रहा है

तुम्हारे हौसले बढ़ने लगे हैं
तुम्हारा नाम छाँटा जा रहा है

बता कर आ गया "पापा हैं घर में"
उसे ज़ोरों से डाँटा जा रहा है

हमारे हाथ में हथियार देकर
हमारा हाथ काटा जा रहा है

रियासत जब भी ढहती है नवासे दुख उठाते हैं
कहीं पंचर बनाते हैं, कहीं ताँगा चलाते हैं

बड़ी मुश्किल से ये दो वक़्त की रोटी कमाते हैं
सुबह से शाम तक फ़ुटपाथ पर क़िस्मत बनाते हैं

जमूरा सिर खुजाता है, मदारी हाथ मलता है
तमाशा देख कर बदमाश बच्चे भाग जाते हैं

किसी के साथ रहना और उससे बच के रह लेना
ख़ुदा ही जाने कैसे लोग ये रिश्ता निभाते हैं

हज़ारों लोग मिलते हैं तो उनमें इक समझता है
बड़ी मुश्किल से हम भी दोस्ती में सिर झुकाते हैं

कुछ जिस्म तो कुछ उसमें हुनर ढूँढ़ रहे थे
हम आँख में नीयत का असर ढूँढ़ रहे थे

सब पूछ रहे थे कि सबब मौत का क्या था
हम लाश की आँखों में सफ़र ढूँढ़ रहे थे

उस मोड़ से होकर तुझे जाना ही नहीं था
पागल थे जो ता-उम्र उधर ढूँढ़ रहे थे

क्या दौर था भटकाव का रहते हुए घर में
दीवानों-से खुद अपना ही घर ढूँढ़ रहे थे

लालचें फिर आके दरवाज़े खड़ी हैं
नेकियाँ दरिया का रस्ता पूछती हैं

सीखती हैं बेटियाँ जूडो-कराटे
तितलियाँ बारिश में खुलकर भीगती हैं

दिक्कतें कहती हैं जब भी झूठ बोलूँ
ग़ैरतें कालर पकड़ कर रोकती हैं

ट्रेन में कुछ देर तक बातें हुई थीं
आज भी उसको निगाहें ढूँढ़ती हैं

ज़ेहनियत को साफ रखना सीखिए
लड़कियाँ यूँ भी तो हँसती-बोलती हैं

सरासर झूठ बोले जा रहा है
औ' उसपे मुहर भी लगवा रहा है

तमाशे की जगह चालाक बन्दर
हमें बस पेट ही दिखला रहा है

दलालों ने भी ये नारा लगाया
हमारा मुल्क बेचा जा रहा है

हँसी आये न उस बच्चे पे कैसे
धँसा कर आँख जो डरवा रहा है

नहीं है ब्याज की चिन्ता तुझे कुछ
है जिसका मूल वो शरमा रहा है

सुना है आजकल तेरे नगर में
जो सच्चा है वही घबरा रहा है

याद तुम्हारी बिजली-सी हो जाती है
आती है, फिर जाती है, फिर आती है

दरवाज़े जब आपस में टकराते हैं
देहरी हर उस लम्हे में थर्राती है

अम्माँ भी अख़बार के जैसी रोज़ सुबह
पन्ना-पन्ना घर भर में बँट जाती है

सच्चाई तो आँख में आँखें डालेगी
झूठ अगर है तो पलकें झपकाती है

गाँव के अन्तिम घर में इक तनहा बुढ़िया
बेटों की तारीफ़ बहुत बतियाती है

बात दुनिया ने काग़ज़ी कर ली
और एहसास में कमी कर ली

तुममें सुनने का सब्र जब न रहा
मैंने बातों में ही कमी कर ली

ज़िन्दगी में सुकून तब आया
जब तबीयत में सादगी कर ली

रात और नींद रोज़ लड़ते रहे
और ख़्वाबों ने ख़ुदकुशी कर ली

हर सुबह ख़ुद में ख़ुद को झाँक लिया
इस तरह हमने बन्दगी कर ली

वजह खुद देगा, बहाने देगा
भूल जाने के भी ताने देगा

रात को ख़्वाब हज़ारों देकर
नींद आँखों में न आने देगा

उससे मिलते ही छलक जाता है
दिल कहाँ दर्द छुपाने देगा

मेरी आँखों से है वादा उसका
आँसुओं को नहीं आने देगा

वक़्त बेदर्द महाजन ठहरा
क़र्ज़ पूरा न चुकाने देगा

कितना प्रतिभाशाली है
काम नहीं है ख़ाली है

उम्मीदों की थाली है
जब भी झाँका ख़ाली है

केवल फल से मतलब है
कैसे कह दूँ माली है

थोड़ा और दहेज़ जुटा
बिटिया तेरी काली है

इनके हिस्से सारे सुख
उनके हिस्से गाली है

लूट में भी वो शामिल है
ये कैसी रखवाली है

सपनों की दूकानें हैं
भाषण है और ताली है

गमछे बिछा के सो गयीं घर की ज़रूरतें
जागीं तो साथ हो गयीं घर की ज़रूरतें

रोटी की ख़ातिर उसका जुनूं दब के मर गया
बचपन में ही डुबो गयीं घर की ज़रूरतें

समझी गयीं जो बोझ का मतलब वो बेटियाँ
काँधों पे अपने ढो गयीं घर की ज़रूरतें

उस दिन हम अपने आप पे क़ाबू न रख सके
जिस दिन लिपट के रो गयीं घर की ज़रूरतें

उनमें हुनर बहुत था, बड़ा हौसला भी था
देहरी में जाके खो गयीं घर की ज़रूरतें

शब्दों का संसार तलाशा
हमने कारोबार तलाशा

साहब जी ने ऐब तलाशे
हमने जब अधिकार तलाशा

ख़ुशियाँ मुझ तक आती कैसे
हर रिश्ता बीमार तलाशा

जिन हाथों में काम नहीं था
उन सब ने हथियार तलाशा

दुनिया के पीछे पागल है
ज़िद्दी कैसा यार तलाशा

कहाँ धुआँ है कहाँ आग जान ले तो सही
फिर उसके बाद ही मेरा बयान ले तो सही

वो चाहता है कि मैं उसको मान लूँ अपना
मैं कह रहा हूँ कि तू मुझको जान ले तो सही

तू मुझसे रूठ गया है तो बात मत कर ना
जो पान लाया हूँ 'लाले की जान' ले तो सही

खरा ही उतरूँगा हर बार मैं कसौटी पर
तू बार-बार मेरा इम्तहान ले तो सही

तुझे भी तजरुबे सब धूप-छाँव के होंगे
तू आसमान में ऊँची उड़ान ले तो सही

लोग तर्कों के बीच अटके हैं
रास्ते दूर-दूर हट के हैं

तेरे वादों के तपते सहरा में
कितने मासूम लोग भटके हैं

सोचता हूँ अभाव है कि करंट
एक पल में हज़ार झटके हैं

एक ही अक्स कैसे पाओगे
आइने सौ जगह से चटके हैं

बोलिएगा ज़रूर तूफ़ां पर
रहने वाले भले ही तट के हैं

छत पे सोया था बेख़बर कोई
लूट कर ले गया है घर कोई

तुम जो मिम्बर से चीखते हो मियाँ
उसका होता नहीं असर कोई

शाम लौटा वो घर तो ये बोला
इतना आसां न था सफ़र कोई

धड़ तो मौजूद थे तमाम वहाँ
अंजुमन में नहीं था सर कोई

सुब्ह से शाम झूठ और धोखा
तुमको लगता नहीं है डर कोई

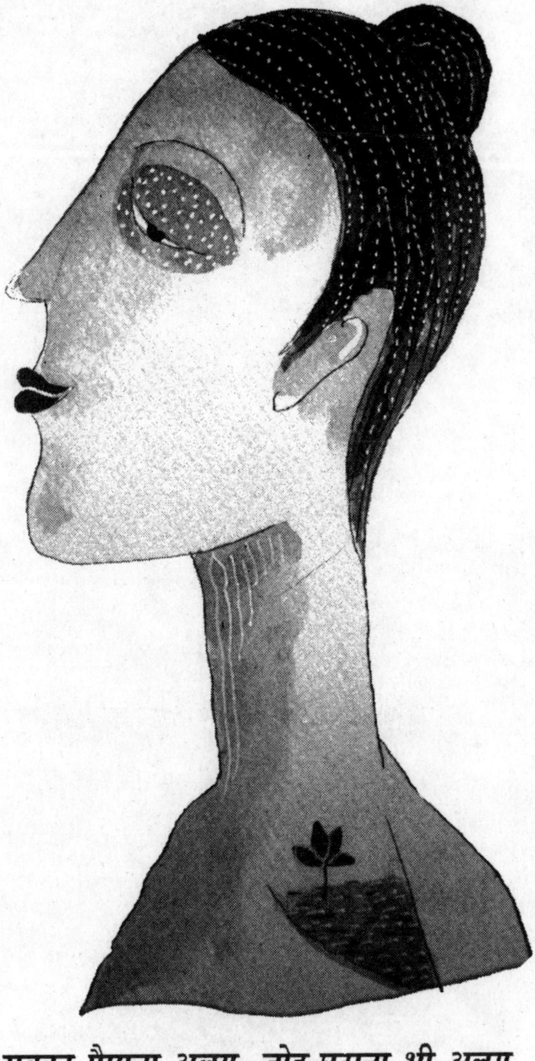

सबका पैमाना अलग, जोड़-घटाना भी अलग
हर इक शख़्स को लगता है वो नुक़सान में है

आह, उदासी, बेचैनी, कोहराम लिखूँ
यादों के मैं आख़िर क्या-क्या नाम लिखूँ

यादें ढोये, ख़्वाब भी पाले धड़के भी
इक बेचारे दिल को कितने काम लिखूँ

एक नया फ़रमान मुझे मिल जाता है
जब यह चाहा इक पल का आराम लिखूँ

उनके लिए कुछ वक़्त तलाशा करता हूँ
जिनके लिए दफ़्तर की सारी शाम लिखूँ

सुख हो, दुख हो, मुझमें शामिल रहता है
इस चाहत का कैसे कोई दाम लिखूँ

घर से बाहर झाँकती कुछ खिड़कियाँ अच्छी लगीं
खिलखिलाती, चहचहाती बेटियाँ अच्छी लगीं

एक उजड़े खण्डहर में ज़िन्दगी बाकी तो है
जाल बुनती और चलती मकड़ियाँ अच्छी लगीं

मैंने उस एक्वेरियम की घुटती साँसें देख लीं
कैसे कह देता मुझे वो मछलियाँ अच्छी लगीं

फल से उनको वास्ता क्या, बीज वाले लोग हैं
आम से बढ़कर उन्हें तो गुठलियाँ अच्छी लगीं

एक तुम थे साथ तो मौसम सुहाना हो गया
गर्मियाँ अच्छी लगीं फिर सर्दियाँ अच्छी लगीं

पेड़-पौधे, फूल-पत्ते बाग़ से ये कह उठे
नाचती-गाती-चिढ़ाती तितलियाँ अच्छी लगीं

था वो बचपन या जवानी या कि फिर अब इन दिनों
मुझको बालों में टहलती उँगलियाँ अच्छी लगीं

सच कहते हैं पुरखों का हर पल ही हम पर साया है
बड़े बुजुर्गों का बोला ही मुश्किल में काम आया है

हिम्मत, ताक़त, प्यार, भरोसा जो है सब इनसे ही है
कुछ नम्बर हैं जिन पर मैंने अक्सर फ़ोन लगाया है

ज़िद कितना भी कान भरे तुम कहने में मत आ जाना
मजबूरी ने हाथ पकड़कर घंटों ये समझाया है

आँखें, चेह्‌रा, बातें, लहजा मिलकर धोखा देते हैं
कौन कहाँ कब पढ़ पाता है किसने दर्द छुपाया है

हाँ ऐसा भी पेड़ हमारे बाग़ में अब तक क़ायम है
मेरी ऊँचाई तक झुककर फल जो देने आया है

जो दादी से सुनी हैं वो कथाएँ जीत जाती हैं
बलाएँ हार जाती हैं दुआयें जीत जाती हैं

कि रिश्ते जी रहे होते हैं घर के कोने-कोने में
बस इतना देख लेती हैं तो माँएँ जीत जाती हैं

बदलते मौसमों से जंग करना जिनको आता है
कभी लगता नहीं उनको हवाएँ जीत जाती हैं

यहाँ थाली से चिड़ियों के लिए हिस्सा निकलता है
हुआ ज़ाहिर कि अब भी आस्थाएँ जीत जाती हैं

अभी औरों के दुख में भीग जाती हैं कई आँखें
चलो इतना तो है अब भी व्यथाएँ जीत जाती हैं

दबी जो राख में चिंगारियाँ भी मिलती हैं
कहीं जलाने की तैयारियाँ भी मिलती हैं

बुलन्दियों से ये दुनिया झुकी-झुकी सी लगे
कि साथ ओहदे के बीमारियाँ भी मिलती हैं

छिपाई जाती हैं सुख-दुख की फ़ाइलें इनमें
हमारे सीने में अलमारियाँ भी मिलती हैं

गुलों के साथ ही होते हैं ख़ार भी पैदा
सितम के साथ ही खुद्दारियाँ भी मिलती हैं

जो चेहरा सामने आये उसे परखना भी
मुखौटा ओढ़ के मक्कारियाँ भी मिलती हैं

मन जो ये साँपों का घर है चन्दन भी हो जाता है
अच्छे लोगों की संगत में पावन भी हो जाता है

सिंहासन हो, मर्यादा हो, राम भी हो, ये मुश्किल है
ओहदा, पैसा आ जाने पर रावन भी हो जाता

घर का बूढ़ा शाम-सवेरे सबका चेहरा पढ़ता है
ज़ख़्मों को सीने लगता है तुरपन भी हो जाता है

अपना सुख-दुख क़तरा-क़तरा मैं इसमें पढ़ लेता हूँ
मेरी ख़ातिर शे'र मेरा तो दरपन भी हो जाता है

राम के संग सीता मैया तो हर युग में वनवास गयी हैं
राजतिलक के बाद मगर निष्कासन भी हो जाता है

ग़लती पर टोका करते हैं, घंटों तक समझाते हैं
बारिश के दिन घर के बूढ़े छाता भी बन जाते हैं

कुछ दिन इस घर, कुछ दिन उस घर रहने की मजबूरी में
अम्माँ-बाबू भी बच्चों में दो हिस्से हो जाते हैं

जिनको हमने मिट्टी, कंकर, पत्थर कहकर फेंका था
बाहर से वे हीरा, पन्ना, मोती बनकर आते हैं

जब तक घर थे तब तक तुझसे दिन भर लड़ते रहते थे
बिछड़े हैं तो उस लड़ने पर दिन-दिन भर पछताते हैं

जाने कैसे झूठ-फ़रेबों में दुनिया जी लेती है
हम जैसे तो छोटी-छोटी बातों पर हकलाते हैं

कोशिश यही हो अपनी कि नीयत बची रहे
पुरखों ने जो कमाई हो दौलत बची रहे

मिलने की तुझसे कोई तो सूरत बची रहे
बेहतर है दोनों ओर ज़रूरत बची रहे

राजा की जान यूँ बसी तोते की जान में
नफ़रत बची रहे तो हुकूमत बची रहे

इसके अलावा माँ को भला चाहिए भी क्या
बच्चों के दरमियान मुहब्बत बची रहे

औरों के वास्ते नहीं सोता तमाम रात
महफ़ूज़ तू रहे, तेरी आदत बची रहे

अम्माँ से मिले बीवी के ज़ेवर की तरह है
खुद्दारी मेरे पास धरोहर की तरह है

इस मोड़ पे पहुँचा है कई साल गँवा कर
वो शख़्स भी किस्तों में बने घर की तरह है

आ जायेगा आसानी से अब मुझको सँभलना
आदत तेरी मेरे लिए ठोकर की तरह है

आता है वही काम मुसीबत के दिनों में
फ़र्जन्द मेरे घर में जो लोफ़र की तरह है

यह जो इक लड़की पे हैं तैनात पहरेदार सौ
देखती हैं उसकी आँखें भेड़िए खूंख़ार सौ

चुटकियों में हल निकालेगी मेरी मुश्किल का माँ
अपने बक्से से निकालेगी अभी दो-चार सौ

आयेंगी जब मुश्किलें तो वो बचा लेगा मुझे
इक भरोसा देगा औ' करवाएगा बेगार सौ

रेस में होंगी सड़क पर ज़िन्दगी की गाड़ियाँ
एक अस्सी पर चलेगा एक की रफ़्तार सौ

कितना मुश्किल काम है अच्छाइयों को ढूँढ़ना
यूँ तो ख़बरों से भरे हैं रोज़ ही अख़बार सौ

ये जो चेहरे पे मुस्कुराहट है
इक सजावट है, इक बनावट है

मुझमें-तुझमें बस एक रिश्ता है
तेरे अन्दर भी छटपटाहट है

कुछ तगादे हैं, कुछ उधारी है
उम्र का बोझ है, थकावट है

हर कोई पढ़ समझ न पायेगा
वक़्त के हाथ की लिखावट है

गालियों की तरह ही लगती है
ये जो नकली-सी मुस्कुराहट है

होंगे पहाड़ ऊँचे औ' खाइयाँ भी होंगी
ढूँढ़ो तो उसमें ढेरों अच्छाइयाँ भी होंगी

फाँसी पे साथ झूली बहनों में ये था साझा
सपने भी क़ैद होंगे, शहनाइयाँ भी होंगी

आसां नहीं है हँसकर हर झूठ टाल देना
सच जब भी साथ होगा रुस्वाइयाँ भी होंगी

सूरज की रौशनी में यह बात याद रखना
देहरी से जब बढ़ोगे परछाइयाँ भी होंगी

ख़तरे तमाम होंगे शोह्‌रत के रास्ते में
रुस्वाइयाँ भी होंगी तनहाइयाँ भी होंगी

खिड़की के शीशे से चिड़िया अक्सर लड़ती रहती है
उसकी अपनी उम्मीदों की कोशिश जारी रहती है

सीख कहो या शौक़ कहो या आदत या मजबूरी है
एक अकेली लड़की सबकी आँखें पढ़ती रहती है

ख़ुद अपनी तारीफ़ के क़िस्से गढ़ने वाले क्या जानें
पढ़ने वालों की आँखों में नीयत खुलती रहती है

इक दीवार जो बँटवारे की दोनों घर के बीच उठी
ठीक उसी के ऊपर चिड़िया रोज़ फुदकती रहती है

काँटे हैं दुनिया में ज़ियादा या हम ख़ुद ही नाज़ुक हैं
इक छोटी-सी तल्ख़ी हमको दिन भर चुभती रहती है

छाँव से रिश्ता रखने वाले पेड़ों का दुख क्या जानें
रात ढले आँखों से उनके आग निकलती रहती है

मजबूरी दिन दो दिन करके बहला देती है मुझको
ख़्वाहिश रोज़ कलैण्डर में तारीख़ें गिनती रहती है

पाँव मेरा है सफ़र उसका है
रास्तों पर भी असर उसका है

खाद, पानी भी ज़मीं भी मेरी
हाय अंधेर!! शजर उसका है

बस यही आया नज़र में सबकी
ऐब मेरा है हुनर उसका है

छीन लेता है वो घर से बचपन
सारे कमरों में असर उसका है

हम कहीं मस्जिद, कहीं गिरजा, शिवाले हो गये
चन्द लोगों के लिए मुँह के निवाले हो गये

आप घर वाले भी हद दर्जे के लापरवाह हैं
हर तरफ़ दीवार पर जाले ही जाले हो गये

इस शहर की सारी परिभाषाएँ बदली जा चुकीं
अब यहाँ के धर्म  बरछी और भाले हो गये

बहस करना बन्द कमरों में बला का चीखना
और जब बाहर मिले होंठों पे ताले हो गये

यूँ तो चलने के लिए तैयार थे लाखों मगर
पेट, घर, हालात थे पाँवों के छाले हो गये

वक़्त! दे दे तू आग के रिश्ते
हम बना लेंगे राग के रिश्ते

हर जगह जोड़ना-घटाना बस
ये गुणा और भाग के रिश्ते

जब भी एहसास डाँटता है उन्हें
लौट आते हैं भाग के रिश्ते

रात! तन्हा तुझे नहीं छोड़ा
हम निभाते हैं जाग के रिश्ते

जिस्म से रूह तक महकते हैं
दाल-रोटी से साग के रिश्ते

भीख में वक़्त माँगते थे वहाँ
थे जहाँ दौड़-भाग के रिश्ते

वो पागल सब के आगे रो चुका है
किसी का दुख कोई कब बाँटता है

हज़ारों बार मुझसे मिल चुका है
ज़रूरत हो तभी पहचानता है

कभी तो मुल्क का मालिक कहेंगे
कभी एक अर्दली भी डाँटता है

ये घर है अपनी मर्ज़ी जी रहा है
पिता है रात सारी जागता है

वे प्यारे दिल में आकर बस गये हैं
जो उनको भा गया वो देवता है

खुद को कितनी देर मनाना पड़ता है
लफ़्ज़ों को जब रंग लगाना पड़ता है

चोटी तक पहुँची राहों से सीखो भी
कैसे पर्वत काट के आना पड़ता है

बच्चों की मुस्कान बहुत ही महँगी है
दो-दो पैसे रोज़ बचाना पड़ता है

सच का कपड़ा फूल-सा हल्का होता है
झूठ को पर्वत लाद के जाना पड़ता है

सूरज को गाली देने का फ़ैशन है
छाँव की ख़ातिर पेड़ लगाना पड़ता है

दिल का क्या है जो कह दो सुन लेता है
आँखों को अक्सर समझाना पड़ता है

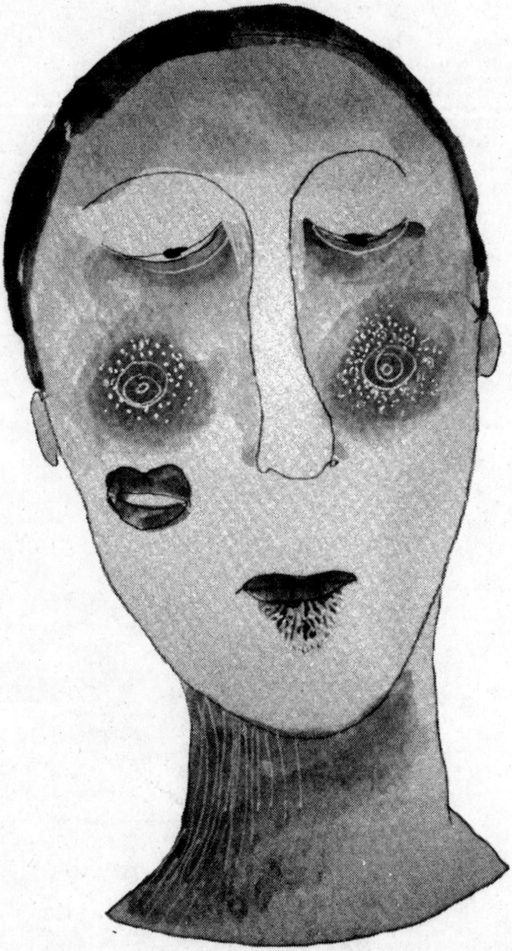

रोना कब आसान रहा है दुख की असली वजहों पर
कोई और बहाना लेकर आँसू बाहर आते हैं

उम्मीदों के पंछी के पर निकलेंगे
मेरे बच्चे मुझसे बेहतर निकलेंगे

लक्ष्मण-रेखा भी आख़िर क्या कर लेगी
सारे रावण घर के अन्दर निकलेंगे

दिल तो अपना उनके साथ ही चला गया
पाँव हमारे थोड़ा सोकर निकलेंगे

अच्छी-अच्छी बातें तो सब करते हैं
इन अच्छो ही में से बदतर निकलेंगे

बाज़ारों के दस्तूरों से वाक़िफ़ हैं
सारे आँसू अन्दर ढककर निकलेंगे

दिल वाले तो आहट पर चल देते हैं
अक्ल के बन्दे सोच-समझकर निकलेंगे

पूरा आँगन ही खिलखिलाये है
एक नटखट उधम मचाये है

सच के चेहरे पे रौशनी देखी
झूठ कुछ हो झलक ही जाये है

इक भला शख़्स याद जब आये
बाँध आँखों का टूट जाये है

बेटी-बेटे हैं, नाती-पोते हैं
इक कुली कितना बोझ उठाये है

एक भारत वो भी है जो भूख से मरता है रोज़
एक वो भी है जहाँ पर रेस्तरां खुलता है रोज़

झूठे-सच्चे जो भी क़िस्से हैं उसे मालूम है
मेरे अन्दर है कोई जो मुझसे ही लड़ता है रोज़

इस जहां से उस जहाँ तक इक सदा जाती तो है
एक बच्चा अपनी माँ को चिट्ठियाँ लिखता है रोज़

सोचता हूँ वो कभी रोटी भी लेकर आयेगा
जो बहाने, वायदे, धोखा लिए मिलता है रोज़

एक बूढ़ा जो दुखों का पूरा दस्तावेज़ है
सीखिए ज़िन्दादिली उससे, कि वो हँसता है रोज़

उसके होंठों पर शहद है और नीयत में ज़हर
बोलता कुछ और है वो और कुछ करता है रोज़

हर पीढ़ी ने पेड़ से ये तो सीखा है
फल हो जितना ज़्यादा उतना झुकता है

बीवी-बच्चे थर-थर काँपा करते हैं
एक दरिन्दा घर की सीढ़ी चढ़ता है

आँसू कुछ लम्हों में थम ही जाते हैं
दिल अन्दर ही अन्दर बरसों घुटता है

बरसों से उसकी फितरत है नज़रों में
मतलब पड़ने पर पहचाना करता है

आँखें बाज़ारों में भटका करती हैं
दिल उनको लेकिन समझाता रहता है

आ जाये कौन कब कहा कैसी ख़बर के साथ
अपने ही घर में बैठा हुआ हूँ मैं डर के साथ

गर्मी की तेज़ धूप में कुछ फूल हैं खिले
बच्चे गली के खेल रहे दोपहर के साथ

आँखों में ख़्वाब दिल में उमीदों के कुछ दिये
अम्मा ने क्या ये बाँध दिया है सफ़र के साथ

सूफ़ी हैं अपने दौर के सुल्तान भी वही
अपने उसूल पालते हैं वो भी घर के साथ

कुछ सच थे जिनको जानता था मानता न था
अब सब समझ में आने लगा है उमर के साथ

जब भी एहसास के बादल होंगे
मेरे जैसे कई पागल होंगे

एक आँसू भी बहा देगा उन्हें
जो किसी आँख का काजल होंगे

ढक ही लेते हैं मुसीबत सारी
जो दुआओं भरे आँचल होंगे

तीर बरसेंगे अगर लफ़्ज़ों के
कुछ भले लोग भी घायल होंगे

सारा माहौल खनकता होगा
कहीं कंगन, कहीं पायल होंगे

साथ हर हाल में होगा उनका
वो भले आँख से ओझल होंगे

फ़िक्र में या जतन में रखता है
कब किसी को वो मन में रखता है

है गुमां कुछ तुझे तो सुन, कोई
चाँद को भी गहन में रखता है

शक कोई उसपे ताकि कर न सके
हाथ दोनों हवन में रखता है

ध्यान आता है उसके बच्चों का
हौसला यूँ थकन में रखता है

तेरे हाथ में पत्थर है
ये ले ये मेरा सर है

सागर जितना बाहर है
उतना मेरे भीतर है

तू मुझसे क्या छीनेगा
धरती अपना बिस्तर है

तेरा हाँ-हाँ-हाँ करना
ये लालच है या डर है

टुकड़े-टुकड़े कर देगा
यह लफ़्ज़ों का ख़ंजर है

सुन लेता है चुप्पी भी
शायद कोई शायर है

घना काला अँधेरा दिख रहा है
मगर आगे सवेरा दिख रहा है

चमक भी लौट आयी घर चहक भी
ये चिड़ियों का बसेरा दिख रहा है

मिला है और मुझमें घुल गया है
कहाँ अब तेरा मेरा दिख रहा है

अँधेरों का किसी को ख़ौफ़ क्या हो
किसी जोगी का डेरा दिख रहा है

मसीहा लग रहा है आपको जो
मुझे क़ातिल, लुटेरा दिख रहा है

कैसे कह देगा कोई, किरदार छोटा पड़ गया
जब कहानी में लिखा अख़बार छोटा पड़ गया

सादगी का नूर था चेहरे पे उसके इस क़दर
मैंने देखा जौहरी बाज़ार छोटा पड़ गया

मुस्कुराहट ले के आया था वो सबके वास्ते
इतनी खुशियाँ आ गयीं घर-बार छोटा पड़ गया

दर्जनों क़िस्से-कहानी ख़ुद ही चलकर आ गये
उससे मैं जब भी मिला इतवार छोटा पड़ गया

इक भरोसा ही मेरा मुझसे सदा लड़ता रहा
हाँ ये सच है उससे मैं हर बार छोटा पड़ गया

उसने तो एहसास के बदले में सब कुछ दे दिया
फ़ायदा-नुक़सान का व्यापार छोटा पड़ गया

घर में कमरे हैं वही लेकिन जगह तो खो गयी
बिल्डिंगें ऊँची हुईं और प्यार छोटा पड़ गया

गाँव का बिछड़ा कोई रिश्ता शह्र में जब मिला
रुपया, डॉलर, होकि दीनार छोटा पड़ गया

मेरे सिर पर हाथ रखकर ले गया सब मुश्किलें
इक दुआ के सामने हर वार छोटा पड़ गया

चाहतों की उँगलियों ने उसका काँधा छू लिया
सोने, चाँदी, मोतियों का हार छोटा पड़ गया

राह चलते हुए लोगों को नसीहत मत दो
क़द्र जो कर न सके उसको ये दौलत मत दो

हो भरोसा ही न जिसको, उसे कुछ क्या देना
उसको नफ़रत भी न दो, उसको मुहब्बत मत दो

पहले जब दिल को दुखाने का सबब दे बैठे
अब मुझे झूठ की तारीफ़ की रिश्वत मत दो

रिश्ता कोई हो उसे बरतो नज़र से अपनी
ग़ैर की आँख से निकली हुई तोहमत मत दो

अपने भीतर है जो इन्सान बचाकर रखना
रोज़ काम आता है भगवान, बचाकर रखना

अपनी मिट्टी की ये पहचान बचाकर रखना
सूर, तुलसी हों कि रसख़ान बचाकर रखना

रौशनी हो तो भटकने का भी ख़तरा है बहुत
चाँदनी रात में अरमान बचाकर रखना

इक बुरी बात भले रिश्तों को खा जाती है
होंठ हों, आँख हो या कान बचाकर रखना

प्यार, एहसास, हँसी और शरारत भी रहे
घर में दो-चार ये सामान बचाकर रखना

ये बड़े-बूढ़े हमें जी के सिखा जाते हैं
जो भी हालात हों मुस्कान बचाकर रखना

एक आहट पे उमंगों से नहा जायेगा दिल
अपने अन्दर कोई मेहमान बचाकर रखना

यह अमानत किसी हक़दार को दे देना है
जो भी पाया है वो अहसान बचाकर रखना

दिन गुनाहों की तरफ़ रोज़ ही ले जाता है
शाम समझाती है ईमान बचाकर रखना

ख़्वाब सब अपने ही चादर में समेटे रहना
दाग़ से अपना गिरेबान बचाकर रखना

डरता है 'परधान' से वो
वोट करेगा ध्यान से वो

बाज़ी फिर से पलटेगा
अपने एक बयान से वो

पूरा लाभ कमाता है
वादों की दूकान से वो

सबको छलता आया है
इक नकली मुस्कान से वो

हरदम डरता रहता है
धरती के भगवान से वो

बचपन की क्या बात छिड़ी है
हँसते-हँसते आँख भरी है

क़िस्सों की पतवारें लेकर
यादों की इक नाव चली है

बातें तो कितनी बाक़ी हैं
अब आँखों पर नींद चढ़ी है

बारिश में मिट्टी की ख़ुश्बू
सबकी साँसों तक पहुँची है

क्यों न लगे ख़ुश बाग़ का माली
पेड़ों की हर शाख़ हरी है

क्यों न भरे मन का ख़ालीपन
उसकी मीठी-सी झिड़की है

उम्मीदों की चिट्ठी लेकर
दरवाज़े पर धूप खड़ी है

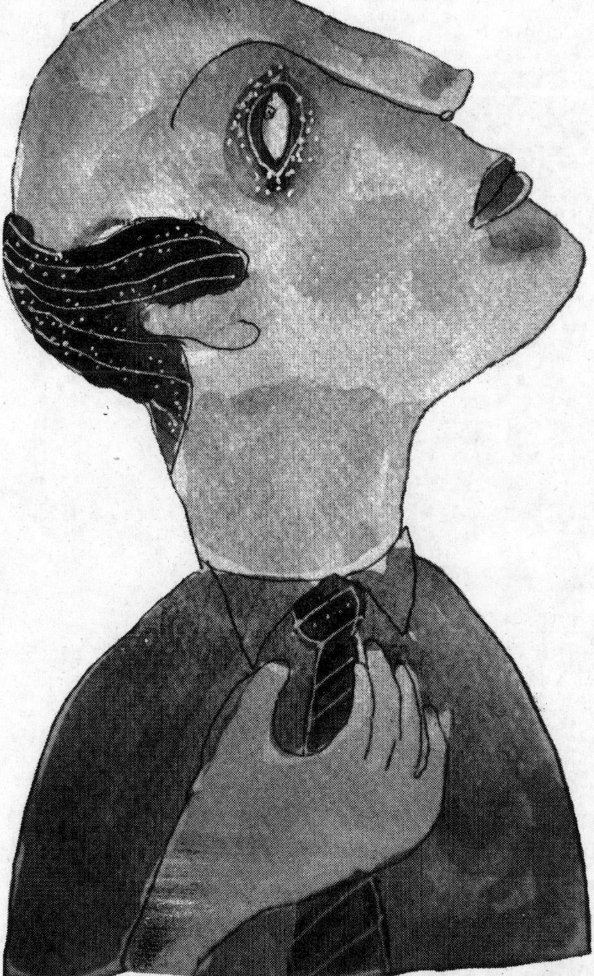

थोड़ी सी दौलत पाकर ये अकड़े-अकड़े लोग हैं जो
कच्ची लकड़ी के दरवाज़े इक बारिश में फूल गये हैं

चुलबुली-सी लड़की है
आइने से लड़ती है

आप क्या समझते हैं
बात सब समझती है

रात से कहीं मिल लो
नींद घर पे मिलती है

फूल जैसी ख़ुद है वो
तितलियाँ पकड़ती है

घर की याद आती है
बात जब बिगड़ती है

बाद तेज़ बारिश के
धूप भी निकलती है

जिसे भी होना है साहब, वज़ीर हो जाये
मगर ये दिल यही चाहे फ़क़ीर हो जाये

न दिल में उसके जो मेहमान पीर हो जाये
तो फिर बने कोई ग़ालिब कि मीर हो जाये

न ख़ुद को ढूँढ़े तो रह जाये भीड़ में खोकर
जो ख़ुद को ढूँढ़ निकाले कबीर हो जाये

वो बोलता है तो झरते हैं हीरे और मोती
जो उससे बात भी कर ले अमीर हो जाये

ज़रा-सी बात पे रिश्तों के मायने ढूँढ़ें
है कोई बात कि हर वक़्त आइने ढूँढ़ें

बुझे-बुझे हुए चेहरे, उदास आँखों से
न जाने कौन से सपने ये जोगनें ढूँढ़ें

कभी ग़रीबों में भगवान ढूँढ़ते थे जो
वो आज गाँव की बुढ़ियों में डायनें ढूँढ़ें

मिलेंगे ऐसे भी कुछ लोग तुमको दुनिया में
कहीं से कोई, किसी की हो उलझनें ढूँढ़ें

कहाँ से शहर में आ पहुँचीं जंगली आँखें
जो भेड़ियों की तरह सिर्फ़ मेमनें ढूँढ़ें

दिल में बादल फट जाता है
आँसू तब बाहर आता है

सुख देता है झूठ जो पल का
बरसों बरसों झुलसाता है

लड़ लेता है तकलीफ़ों से
तारीफ़ों से घबराता है

सीख गया है ख़ुद को सुनना
अपनी ही धुन पर गाता है

फुसलाता है लालच जिस पल
सच अन्दर से चिल्लाता है

दुख की बारिश याद दिलाए
रिश्ता एक सुन्दर छाता है

किसने कहा मुझ तक मुश्किल आ पाना है
इक दस्तक पर दरवाज़ा खुल जाता है

टूटे-फूटे रिश्ते जोड़ा करता है
घर के बूढ़ों में कारीगर होता है

हर कमरे की अपनी दुनिया होती है
आँगन ही बस तन्हा-तन्हा दिखता है

सच को हम जिस पल अनदेखा करते हैं
अन्दर-अन्दर घुटता है कुछ घटता है

अपनी-अपनी आदत से मजबूर हैं हम
झूठ दिखे तो चेहरा कहने लगता है

हम ही हैं जो मुश्किल में मुरझाते हैं
फूल तो आख़िर हर मौसम में खिलता है

यूँ तो सबके हिस्से में सौ रिश्ते हैं
सोचा भी है ज़्यादातर क्यों रिसते हैं

उम्मीदें इक-दूजे से टकराती हैं
सपने बिल्कुल बच्चों जैसे पिसते हैं

आँखों की हर ख़्वाहिश पलकों पर रखकर
पाँव सड़क पर दिन भर जूते घिसते हैं

बीमारी में माँ का माथा सहलाते
नन्हे-मुन्ने से मासूम फरिश्ते हैं

सुबह से शाम तलक भीड़ में पलते चेहरे
जाने क्या कहते हैं बुझते कभी जलते चेहरे

ऐसी आँखें कोई उम्मीद जगाएँ किससे
जिनमें बसते हों तो बस रंग बदलते चेहरे

क्या ख़बर किसकी तबाही का सबब बन जायें
अपने अन्दर की दबी आग उगलते चेहरे

कोई कितना भी जतन कर ले कहाँ जाते हैं
दिल में छालों की तरह रहते हैं छलते चेहरे

हमको ले जाते हैं बचपन की हँसी यादों में
कुछ चहकते से, फुदकते से, उछलते चेहरे

इक उजाले के लिए खुद को मिटा देते हैं
रात भर मोम की मानिंद पिघलते चेहरे

याद का बादल लौट आया है
लो फिर पागल लौट आया है

वो क्या आया यूँ लगता है
आँख में काजल लौट आया है

एहसासों की बर्फ़ जो पिघली
आँखों में जल लौट आया है

पास भरोसा था तो जैसे
दूर गया कल लौट आया है

सपने जीत के बच्चे आये
मेहनत का फल लौट आया है

चहक रहे हैं, फुदक रहे हैं
घर में जंगल लौट आया है

इन घरानों में ख़ानदानों में
क़ैद ख़ुशियाँ हैं कुछ मकानों में

नज़र आते हैं बस बयानों में
वो जो शामिल हैं बेज़ुबानों में

फ़्लैट वालों का मिलना होता है
लिफ़्ट में या कि रेस्तरानों में

अपने मतलब पे आँख है इनकी
ये शिकारी हैं कुछ मचानों में

महफ़िलों में तो देह जाती है
दिल तो बसता है बस दिवानों में

हर सुबह फ़ायदे गिनाता है
दिन हमें रोज़ आज़माता है

दिल के अन्दर है आइना मेरे
झूठ बोलूँ तो मुँह चिढ़ाता है

कब दलीलें किसी की सुनता है
वक़्त बस फ़ैसले सुनाता है

हार जाती हैं कोशिशें अक्सर
और सच मुँह से फूट जाता है

सँभल जाना, सुधर जाना कहाँ मुमकिन बदल जाना
जरा-सी आँच से एहसास की, फौरन पिघल जाना

सफ़र में साथ चलने की मैं तुमसे ज़िद नहीं करता
मुझे तुम छोड़कर उस मोड़ पर आगे निकल जाना

कोई रिश्ता उगाना, सींचना फिर पोसना उसको
बहुत तकलीफ़ देता है ये बारिश में फसल जाना

किताबों की कई बातें किताबों भर की होती हैं
किसी की ग़लतियों से सीखकर के ख़ुद सँभल जाना

तुम्हारी आग छूने की तो ये आदत नहीं जाती
तुम्हारा शौक़ है शायद झुलसना और जल जाना

हमारे दिल का इक बच्चा बचाकर हमको रखता है
बचा रहता है जब तक कि मचल जाना, उछल जाना

खेतों का पानी सूरज पी जाता है
बाद में बादल थोड़ा-सा बरसाता है

ख़्वाहिश और ज़रूरत जब भी लड़ती हैं
जेब का पैसा मजबूरी समझाता है

रिश्ता इक-इक धागे से हम बुनते हैं
शक का कीड़ा पूरी चादर खाता है

झूठ बहुत ही चहका-चमका करता है
सच आगे आ जाये तो हकलाता है

लालच हमको रोज़ बुलाने आता है
मेरा 'मैं' पर मुझको आँख दिखाता है

सबसे पहले तो ये जुड़ने से मना करता है
और फिर दिल ही बिछुड़ने से मना करता है

अपनी परवाज़ पे हमको ही भरोसा न रहा
आसमां कब किसे उड़ने से मना करता है

काम मुश्किल है बहुत ख़ुद पे हुकूमत करना
पाँव चादर में सिकुड़ने से मना करता है

घर से निकलो तो बहुत सोच-समझकर निकलो
वक़्त हर शख़्स को मुड़ने से मना करता है

दिल तो देता है दलीलें हमें समझाता है
दर्द भीतर से निचुड़ने से मना करता है

शहर है बाबू, सोच-समझकर धीरे-धीरे खुलता है
किसके हाथ में कैसा पत्थर धीरे-धीरे खुलता है

दरवाज़ा तो थपकी पाकर फौरन ही खुल जाता है
कमरा-कमरा घर के भीतर धीरे-धीरे खुलता है

जादूगर ने तरक़ीबों से इधर-उधर सब ढाँपा है
उसका इक-इक पर्दा बाहर धीरे-धीरे खुलता है

अपने-अपने हिस्से में हम इक न इक डर रखते हैं
दबकर, छुपकर, अक्सर रिसकर धीरे-धीरे खुलता है

तेरे 'तू' की बात अलग है सबसे वो खुल जाता है
मेरा 'मैं' तो मेरे अन्दर धीरे-धीरे खुलता है

जल्दी, जल्दी, जल्दी, जल्दी तुमको बेहद जल्दी है
किरदारों का सच तो अक्सर धीरे-धीरे खुलता है

*तेरा-मेरा, लेना-देना, खोना-पाना कौन गिने*
*अब इतना भी जोड़-घटाना मेरे वश की बात नहीं*

रिश्तों के उलझे धागों को धीरे-धीरे खोल रही है
बिटिया कुछ-कुछ बोल रही है, पूरे घर में डोल रही है

दिल के कहे से आँखों ने बाज़ार में इक सामान चुना है
हाथ बिचारा सोच रहा है, जेब भी ख़ुद को तोल रही है

रात की आँखें बाँच रहा हूँ, कुछ-कुछ तो मैं भाँप रहा हूँ
कुछ-कुछ अन्दर सोच रही है, कुछ-कुछ बाहर बोल रही है

एक अकेला कुछ भी बोले कौन शह्‌र में उसकी सुनता
पेड़ पे एक अकेली बुलबुल जंगल में रस घोल रही है

जब भी ख़ुद के हाथ जले तब बात ये सबको याद आती है
बचपन में जो सीख मिली थी अब तक वो अनमोल रही है

फूलों की तरह खिलकर ख़ुश्बू-सा बिखर जायें
कुछ लोग मिलेंगे ही चाहे वो जिधर जायें

दोनों में बने रहना अपने से भी धोखा है
चाहे तो इधर जायें, चाहे तो उधर जायें

इक लफ़्ज़ भरोसा ही किरदार बनाता है
आँखों में उतर जायें, आँखों से उतर जायें

पहचान बुरे दिन की ऐसे ही तो होती है
कुछ लोग बिना देखे आगे से गुज़र जायें

परदेस सिखाता है अपनों की कदर हमको
हर सुब्ह ये लगता है बस शाम हो घर जायें

वे खोखले बादल थे पानी ही न था उनमें
बस यूँ ही गरजते थे चाहें सभी डर जायें

जहाँ सच है वहाँ पर हम खड़े हैं
इसी ख़ातिर तो आँखों में गड़े हैं

कोई झरना अभी फूटा हो जैसे
किसी इक बात पर सब हँस पड़े हैं

यहाँ उपदेश सारे सादगी के
सुनहरे फ्रेम के अन्दर जड़े हैं

झलकता-झाँकता कुछ भी नहीं है
ये केवल नाम से, क़द से बड़े हैं

ये कैसा है सफ़र जिसमें कि हभ सब
जहाँ पर थे वहीं पर ही खड़े हैं

कोई आँसू ठहरता भी तो कैसे
हुकूमत में बहुत चिकने घड़े हैं

झूठ कहते हो कि अब ख़ल्के-आम का दिन है
सब नुमाइश है यहाँ ताम-झाम का दिन है

तुम्हारे वास्ते इतवार होगा छुट्टी का
किसी के वास्ते ये दुगने काम का दिन है

इस इन्तज़ार में आयेंगे कभी अच्छे दिन
हम ग़रीबों को तो हर दिन ही राम का दिन है

सुब्ह से क़ैद है सूरज तो बादलों में यहाँ
जब उजाला ही नहीं है तो नाम का दिन है

चलो यादों के अपने गाँव को आबाद करते हैं
जहाँ हँसते-हँसाते लोग दिन बरबाद करते हैं

यहाँ जब चाँद-तारे रात की साज़िश में शामिल हों
तो फिर अब जुगनुंओं के गाँव से फ़रियाद करते हैं

हमारी ख़्वाहिशों की क़ैद से आगे भी दुनिया है
परिन्दे को तो पिंजरे से अभी आज़ाद करते हैं

हर अपनेपन के क़िस्से में शहूर का ज़िक्र आता है
तुझे हम याद तो अक्सर इलाहाबाद करते हैं

बात ऐसी तो नहीं थी कि यहाँ तक पहुँचे
ये तो तुमने था किया तय कि कहाँ तक पहुँचे

एक चिंगारी जो बातों की अभी निकली है
तय हवाएँ ही करेंगी कि कहाँ तक पहुँचे

वक़्त रहते इसे दरवाज़े को सुलझाना था
अब तो आँगन में लड़ाई है जहाँ तक पहुँचे

सैकड़ों ख़्वाब इसी बीच में मर जाते हैं
ना कभी कह न सके और न हाँ तक पहुँचे

हर एक राह में दो मील चल के लौट आये
इस तरह कौन सितारों के जहाँ तक पहुँचे

समय की धूप में कैसा भी ग़ुस्सा सूख जाता है
मगर मैं क्या करूँ लहजा भी मेरा सूख जाता है

उसे तालाब, झरने, झील से जुड़ना ज़रूरी है
सफ़र में तनहा चलने वाला दरिया सूख जाता है

भरोसा एक मरहम की तरह मौजूद रहता है
अगर ये पास हो तो ज़ख़्म सारा सूख जाता है

उसूलों की चमक जाते ही चेहरा बुझ गया उसका
जड़ें कटते ही जैसे पेड़ सारा सूख जाता है

कोई कैसा भी रिश्ता हो नमी बेहद ज़रूरी है
हवा रूखी हो तो कोई भी पौधा सूख जाता है

एहसास और जज़्बे की दौलत तलाशना
आदत में है हमारी मुहब्बत तलाशना

हर बाग़ से उमीद है फल-फूल की हमें
सूरत के साथ है यही सीरत तलाशना

बेहतर है अपने आपको पहले टटोलिये
नफ़रत तलाशना हो कि चाहत तलाशना

शक को न आने देना भरोसे के सामने
करना अगर है प्यार हक़ीक़त तलाशना

तनहा सियाह रात को दिलकश बना गया
दो दोस्तों का यादों के कुछ ख़त तलाशना

किरदार एक शख़्स का बौनों में जा मिला
जो भी दिया था उसकी है क़ीमत तलाशना

छूता है मेरे दिल को किसी बावरे का काम
राहों के पत्थरों में भी मूरत तलाशना

तू अगर बेटियाँ नहीं लिखता
तो समझ खिड़कियाँ नहीं लिखता

सर्दियाँ जो थीं सब सहीं मैंने
धूप को अर्ज़ियाँ नहीं लिखता

जब शह्र पूछता नहीं उसको
गाँव भी चिट्ठियाँ नहीं लिखता

मैं हवा के गुनाह के बदले
आग की ग़लतियाँ नहीं लिखता

पेज सादा ही छोड़ देता हूँ
मैं कभी तल्ख़ियाँ नहीं लिखता

इसमें बच्चे का है गुनाह कहाँ
वो. अगर तितलियाँ नहीं लिखता

मेरे बच्चे फ़ुटपाथों से अदला-बदली कर आये हैं
चन्द खिलौने दे आये हैं, ढेरों खुशियाँ घर लाये हैं

सूखा, बारिश के मारों का दुख कब जाकर ख़त्म हुआ
सूरज देख के डर जाये हैं, बादल देख के घबराये हैं

मेरे जैसे माँग सकें कुछ, किस दर्जा मुश्किल होता है
सकुचाये हैं, शरमाये हैं, घबराये हैं, हकलाये हैं

सबके हिस्से एक सिफ़र था राजा रंक बराबर थे सब
जो भी थे सब जोड़ रहे थे क्या खोये-क्या पाये हैं

बच्चों में एहसास के पौधे जो हमने तब रोप दिये थे
दुनियावालों! आओ देखो अब उनमें ये फल आये हैं

उसकी बातों में जो अक्सर चिंगारी चमका करती है
उसके दिल के अन्दर जाने कितने पत्थर टकराये हैं

हर मौक़े की, हर रिश्ते की ढेर निशानी उसके पास
अल्बम के हर इक फ़ोटो की एक कहानी उसके पास

शह्र वो साहूकार है, जिसको कोस रहा है हर कोई
ये सच भी मालूम है सबको, दाना-पानी उसके पास

अम्माँ की बातों में आँखें सुख-दुख सपने सब कुछ हैं
राम कहानी उसके पास, कबिरा बानी उसके पास

कई ख़ज़ाने क़िस्से वाले इक बच्चे के पास मिले
दादा-दादी उसके पास, नाना-नानी उसके पास

सोच रहा हूँ गाँव में जाकर कुछ दिन अब आराम करूँ
वहीं कहीं पर रख आया हूँ नींद पुरानी उसके पास

तमाशे, चुटकुले, ताली में मत रख
अदब को ऐसी बदहाली में मत रख

ज़हर हो जायेंगे, पकवान सारे
इन्हें अहसान की थाली में मत रख

ख़यालों का परिन्दा कह रहा है
मुझे आकाश दे, जाली में मत रख

उदासी ख़ून में घुल जायेगी फिर
इसे तू चाय की प्याली में मत रख

बड़प्पन पेड़ सिखलाते हैं हमको
पके फल को कभी डाली में मत रख

कमाने में बहुत कुछ खो गया है
किसी को ऐसी कंगाली में मत रख

चाँदी का बदन सोने का मन ढूँढ़ रहा है
औरों में ही अच्छाई का धन ढूँढ़ रहा है

कुछ पेड़ हैं नफ़रत की हवा जिनसे बढ़ी है
ये बाग़ मगर अब भी अमन ढूँढ़ रहा है

संगम के इलाके से है पहचान हमारी
ये दिल तो वही गंगो-जमन ढूँढ़ रहा है

अनजान से इक ख़ौफ़ को ढोता हुआ इन्सान
अपने को बचाने का जतन ढूँढ़ रहा है

गाँवों के हर इक ख़्वाब में शहरों की कहानी
शहरों में जिसे देखो वतन ढूँढ़ रहा है

लोगों ने यहाँ राम से सीखा तो यही बस
हर शख़्स ही सोने का हिरन ढूँढ़ रहा है

## कुछ फुटकर

1

कभी पत्तों में जो कीड़े लगे थे, जड़ों तक वो पहुँचते जा रहे हैं
गज़ब है मज़हबी तलवार से अब, हमारे गाँव काटे जा रहे हैं

2

नये-नये इन्हें किस्से सुनाने पड़ते हैं
ये बच्चे सोते कहाँ हैं सुलाने पड़ते हैं

हमारा दिल तो फ़क़ीरों के साथ रहता है
मगर दिमाग़ को पैसे कमाने पड़ते हैं

कसीदा तेरी शान में जो पढ़ चुका हूँ कभी
तेरे गुनाह अभी तक छुपाने पड़ते हैं

3

कितना चुप-चुप बैठा है
एसी-वन का डिब्बा है

4

सबका पैमाना अलग जोड़ घटाना भी अलग
हर एक शख़्स को लगता है वो नुक़सान में है

5

दुकानों में टँगे मिलते हैं रिश्ते
जो दिखता है वही बिकता बहुत है

भरोसा काँच-सा होता है बेशक
ज़रा टूटे तो ये चुभता बहुत है

कभी ख़त में कोई ख़्वाहिश न आयी
ये घर मजबूरियाँ पढ़ता बहुत है

6

दरो-दीवार का भी दिल न दुखे
घर सभी को ज़ेहन में रखता है

7

अपनी ही ख़्वाहिश के कुएँ में रहने वाले क्या जानें
औरों की ख़ातिर जीना दरिया का समन्दर होना है

8

“मज़हब नहीं सिखाता आपस में बैर रखना”*
ये तो वे सिखलाते हैं, मज़हब जो सिखलाते हैं

9

कोई सच्चा नहीं लगता कोई झूठा नहीं लगता
ये कैसे लोग हैं जिनको कोई अच्छा नहीं लगता

सुबह-दम पार्क में इक बेंच पर बैठे हुए बूढ़े
यूँ बोले—यार अब बच्चा कोई बच्चा नहीं लगता

10

अपने परों से ढाक के बच्चे बारिश से वो जूझ रही है
पेड़ पे बैठी इक चिड़िया से रिश्ते जीना सीख रहा हूँ

□□

* अल्लामा इक़बाल की पंक्ति।